Barbara Cappi

LA LETTERA CHE NON TI HO MAI SCRITTO

Il romanzo di «C'è posta per te»

MONDADORI

www.librimondadori.it

La lettera che non ti ho mai scritto
di Barbara Cappi

ISBN 978-88-04-66147-4

I edizione febbraio 2016

La lettera che non ti ho mai scritto

a Ludovico & Zoe, miei adorati

1

Anna fece qualche passo all'interno dello studio, la suola delle scarpe si appiccicava al linoleum e le provocava un certo fastidio. Doveva solo infilare i copriseduta sui due pouf davanti alla busta e poi avrebbe timbrato il cartellino.

Le luci di scena erano spente e quelle di sicurezza, ai limiti del teatro, rendevano grigio lo spazio che poco prima grigio non era. Non c'era niente di più colorato in televisione, il sabato sera: tutte le gamme di blu e di arancione e soprattutto tutto il calore dei protagonisti delle storie di «C'è posta per te».

Quel giorno avevano registrato per più di tre ore e, nonostante lo studio fosse deserto, si respirava ancora l'aria viziata di seicento respiri. Respiri e sospiri.

Perché il pubblico che assisteva al programma non era quello teleguidato che Anna si era ritrovata in altri show. Durante la registrazione non c'era nessuno che comandasse l'emozione; non c'era lo «scaldapubblico» a domare gli applausi o i fischi o le risate. Nel Teatro 4 andava in scena «la vita degli altri», che emozionava come fosse la propria: in apnea si seguiva quello che succedeva sul minuscolo palco – che fossero faide familiari o dichiarazioni d'amore – e spesso capitava che ci si commuovesse tanto da dover tenere a portata di mano un fazzolettino pronto per l'uso.

Anna diceva sempre che, se lo studio sulla Tiburtina fosse stato una chiesa, i pellegrini l'avrebbero presa d'assalto.

A ogni registrazione si consumava una sorta di messa pagana, con pubbliche confessioni di colpe e richieste di assoluzione, al termine delle quali accadevano piccoli e grandi miracoli: come veder riunite due o più persone che la vita aveva allontanato.

Anna collaborava a quel programma da quindici anni e il suo più grande orgoglio era di non aver mai saltato un giorno, anzi, un'ora di lavoro, per motivi personali o di salute. La sua missione nella vita era spegnere la luce del comodino, la sera tardi una volta a letto, con la certezza di avere fatto del proprio meglio durante la giornata. E anche se la simpatia non era la prima virtù che saltava all'occhio dei colleghi, Anna veniva apprezzata da tutti per il suo temperamento riservato e il suo essere quasi invisibile quando armeggiava nei vari camerini o dietro le quinte. Anche con la conduttrice si manteneva a debita distanza, dandole persino del lei, perché – a suo dire – un certo formalismo protegge i rapporti. E quello era un rapporto molto caro a entrambe.

Tempo prima erano in camerino insieme, e Maria le aveva chiesto come mai non si commuovesse durante le registrazioni. Si era accorta che fra tutti i collaboratori Anna era l'unica a rimanere impassibile di fronte ai drammi più dolorosi.

«Io sistemo gli abiti» aveva detto scuotendo la testa. Ed era tutto.

Sempre poche parole tra loro, da quindici anni, ma molti fatti. E sempre quelli utili, mai nulla di superfluo, invadente, ostentato.

Finì di appuntare il portamicrofono all'abito di scena della conduttrice e aggiunse che piangere non sarebbe stato professionale: lei era la sarta di «C'è posta per te», era lì per lavorare. Poi puntualizzò che a casa era diverso, e anche parecchio. E se ne andò.

Anna stava pensando a tutto questo quando, senza accorgersene, si lasciò cadere su uno dei pouf. Che strana sensazione, era la prima volta che guardava lo studio da quell'angolatura. Lo spazio era avvolgente ma non sembrava poi così piccolo. Ricordava un luna park nel giorno di chiusura, con le scocche delle tribune vuote, le scale buie, le telecamere parcheggiate, un luogo inanimato e un poco irreale. Irreale come la grande busta che, vista così, nel mezzo del palco, senza corrente elettrica, sembrava quasi un giocattolo.

Eppure quanti destini erano appesi a quello scatolone al neon.

Quando, al termine di ogni storia, la conduttrice faceva la domanda di rito – e cioè se poteva togliere la busta e permettere agli ospiti di riabbracciarsi, o se invece doveva chiuderla congedando i protagonisti senza aver compiuto il miracolo – ecco che quel totem luminoso diventava ipnotico e potente. Come quando ci si trova davanti a un bivio. E si provano le vertigini. Paura di sbagliare. Paura di non saper perdonare. Paura di amare. Una gamma infinita di paure che avevano tutte a che fare con il sentimento.

Ecco, la busta bianca che le svettava davanti era il simbolo del bivio stesso: si continuava la vita senza l'altro o si superava l'ostacolo, qualunque fosse, e ci si ricongiungeva?

Chi seguiva le storie di «C'è posta per te», dalle tribune del teatro o dal divano di casa propria, non mancava di fare la sua scommessa su ogni singola storia, e aspettare con gusto il verdetto finale. Anche chi lavorava dietro le quinte parteggiava sempre per l'uno o per l'altro. Tutti, tranne Anna, che non commentava mai.

Ai colleghi che insistevano perché dicesse la sua, Anna rispondeva che, visto l'impegno nel districare i nodi tra quei poverini, la redazione si meritava di assistere a un'apertura e a una riappacificazione finali. E ogni volta concludeva dicendo che se mai qualcuno avesse scritto alla redazione per lei, su quel pouf, davanti a mezza Italia, non ci si sarebbe mai seduta, nemmeno sotto tortura.

Nessuno però sembrava darle peso; del resto chi avrebbe mai scritto per Anna? Non aveva amici, nemmeno parenti, figurarsi un uomo. E, di questo vuoto sentimentale, la sartina sembrava quasi farsene un vanto. Affermava che non aveva tempo da dedicare ad altro che non fosse il suo lavoro. Alla vita chiedeva solo di invecchiare serenamente e un bel giorno, nemmeno troppo lontano, andare a cucire le vesti agli angeli del Cielo.

«Anna! Ma che ci fai lì? È mezz'ora che ti cerco.»

Anna scattò in piedi e subito rimise a posto il coprise-duta, quando venne raggiunta da Rossella già inguainata nel suo piumino rosa di due taglie più piccolo. Come ogni sera, avrebbero fatto un pezzo di strada insieme. Non che ad Anna facesse piacere: Rossella era una monologhista da record, non prendeva nemmeno respiro tra un paragrafo e l'altro dei suoi discorsi, poteva fare l'intero tragitto parlando senza accorgersi che lei intanto si era assopita contro il finestrino dell'autobus. Insomma Ros non parlava, Ros tracimava. E quando finalmente scendeva, lasciando la sarta da sola, era davvero una liberazione. Spesso anche per i malcapitati vicini di viaggio.

«Di solito sono io che aspetto te che ti restauri il trucco» rispose Anna con una punta di acidità, raggiungendola a passi lenti. «Ma poi, che ti trucchi a fare Dio solo lo sa, dato che andiamo a casa.»

«Anche sui pullman si possono fare incontri interessanti, visto mai...» proseguì ammiccante Rossella.

La collega aveva capelli lunghi e biondi, di un biondo periodicamente riconquistato dal parrucchiere che mascherava quelli bianchi, e un seno alla Mangano che non mancava mai di mettere bene in vista.

«E tu ancora ci speri?» domandò Anna.

Rossella scosse la testa, mentre un sorriso appena accennato si disegnava sul volto.

«Annina, Annina... ti odierei se non ti volessi così bene. Dài, ora andiamo» concluse prendendola a braccetto e trascinandola fuori dagli studi.

Aperto il portellone del Teatro 4, le accolse il cielo di Roma, mesto come lo sono i cieli invernali. Chiuse lì dentro, capitava di perdere la cognizione del tempo e del meteo. L'aria della Tiburtina, anche se viziata dai gas delle auto pigramente in coda, era comunque una carezza per le loro narici.

Dagli studi televisivi alla fermata dell'autobus c'erano solo pochi metri da percorrere a piedi.

Rossella camminava e intanto fumava la sua sigaretta elettronica a lente boccate.

«Come sono contenta per quella ragazza...» disse con aria sognante.

«Di chi parli?»

«Della ragazza di oggi. Non dev'essere facile crescere due bambini da sola. Sono felice che il padre abbia deciso di perdonarla.»

Anna, stringendosi nel cappotto grigio, la borsetta di pelle assicurata sotto il braccio, proseguì: «L'ha perdonata solo perché il suo compagno non c'è più, altrimenti col cavolo che quello la perdonava».

«Dici?» Rossella sgranò gli occhi come una bambina: un'espressione abituale che faceva sorridere Anna, visto che la truccatrice era una donna di cinquantasei anni suonati.

«Il padre non ha voluto conoscere i due nipoti prima di oggi. E aveva proibito di farlo alla moglie e agli altri suoi figli. A essere sincera, fino all'ultimo ho creduto che non avrebbe aperto... E invece anche questa volta è successo il miracolo» affermò soddisfatta la sarta.

Rossella aspirò ancora dalla sigaretta e poi allontanò piano dalle labbra il filtro di plastica, macchiato di rossetto.

«È la stessa cosa che mi ha detto la ragazza mentre la truccavo: "Secondo me mio padre non aprirà mai". Le ho dovuto togliere e mettere il fondo tre volte, scoppiava sempre a piangere.»

Erano arrivate alla fermata dell'autobus, gremita di gente. «Sarà un viaggio davvero comodo» commentò Anna allungando il collo per controllare se il mezzo stesse arrivando, oltre la vagonata di auto in fila. Quindi, rivolgendosi a Rossella: «Conosco quel tipo di orgoglio. Sono nata in Calabria e lì a volte non ci si parla per anni per le ragioni più futili. Una ragazza che mette al mondo due figli con uno che il padre disapprova... be', non so cosa ci possa essere di peggio».

«Ma non siamo più negli anni...» Rossella non terminò la frase, in evidente imbarazzo.

Imbarazzo dal quale Anna decise di non toglierla. Lo sapeva benissimo che tra i suoi colleghi si pensava che avesse settant'anni portati nemmeno troppo bene, e certo non era un complimento visto che ne aveva quindici di meno.

«Tu non lo sai, Ros, ma dove sono nata io ci sono cose che non cambiano da secoli e che non cambieranno mai» diceva mentre sgomitava per montare finalmente sul 74 barrato.

Anna finì nel mezzo della vettura, schiacciata contro un sedile su cui aveva preso posto una ragazza con grossi occhiali che giocava a far scoppiare delle caramelle colorate sullo schermo del suo telefono – il tutto con un'insopportabile musichetta di sottofondo. Davanti a lei, Rossella aveva subito attaccato bottone con un uomo ben più giovane discutendo su quanto fossero pieni i mezzi pubblici a quell'ora. E mentre parlava, era più forte di lei, continuava ad abbassare la zip del piumino per mostrare tutta la mercanzia di una donna decisamente non più giovane ma non per questo poco divertente.

Anna notava tutto della sua collega, e di lei tutto mal sopportava. Però le era affezionata. E ci era rimasta davvero male quando il suo matrimonio era andato a rotoli.

Rossella era separata da ormai cinque anni, di figli non ne erano arrivati. Una sera rientrata sul tardi a casa senza avvertire, dopo un mese passato a Milano sul set di una serie televisiva, aveva trovato il marito addormentato nel loro letto. Solo che invece del classico cuscino anticervicale, la testa di lui poggiava sul seno di una sconosciuta.

«Sembravano così... sereni» aveva commentato con Anna una volta tornata al lavoro.

«E tu cosa hai fatto?» le aveva chiesto lei.

«Li ho lasciati dormire. Ho preso poche cose e me ne sono andata facendo attenzione a non svegliarli. Non avrei sopportato di vedere la faccia ebete di mio marito, e tantomeno essere rincorsa da quella voce stridula che gli viene quando si agita: "Aspetta, ti giuro, non è come pensi, ti posso spiegare..."»

«Posso chiederti una cosa?» l'aveva interrotta Anna. «Perché speri ancora di trovare qualcuno? Non ne hai avuto abbastanza? Cambiano i nomi, il colore degli occhi, ma la natura è quella. Non lo fanno apposta, è che... sono uomini.»

Rossella aveva sorriso. «Perché ho letto sull'oroscopo di Branko che quest'anno posso essere felice. Mi esce Saturno dal segno, è l'occasione della vita. Io voglio essere felice, Anna. Lo vogliamo tutti. Anche tu, sai, che ti credi!»

Quell'affermazione non aveva sortito risposta. Come sempre Anna coglieva ciò che le andava di cogliere, il resto lo faceva cadere nel vuoto, dirottando il discorso altrove. La felicità uno se la doveva meritare, e Anna non contemplava per sé questo premio. Tirare a campare con dignità, altro non chiedeva alla vita. Ma quel giorno, sul 74 barrato zeppo di umanità anche piuttosto sfatta, dopo tre ore di registrazione e nove di lavoro dietro le quinte, la sua collega Rossella stava davvero dando il meglio di sé per conquistare la sua astrologica felicità. Bastava vedere come si intortava quello sconosciuto che di fatto non le staccava gli occhi dalla zip.

Ma di una cosa Anna era contenta: con Rossella impegnata a fare la *femme fatale*, quella sera era esonerata dal sorbirsi i suoi infiniti monologhi sui suoi incontri galanti, su cosa ci fosse di bello da vedere in televisione, su creme coprioc-chiaie appena uscite, perfino sulla politica.

Anna più che parlare amava leggere. Nel suo tempo libero non avrebbe fatto altro. Leggere in silenzio e con nessuno che le rivolgesse la parola.

Divorava uno dopo l'altro romanzi che comprava in edicola o per due spiccioli sulle bancarelle di Porta Portese, la domenica mattina. Le piacevano le storie d'amore tormentate o le saghe familiari, ma c'era una lettura che adorava più di tutte le altre.

Un giorno, capitando per caso nello stanzino delle fotocopie di «C'è posta per te», aveva scoperto che dentro lo scatolone della carta da riciclare ci finivano le fotocopie venute male dei vari casi della trasmissione. Quelle stampate storte, o uscite dalla macchina un po' stropicciate oppure con l'inchiostro un poco sbiadito. Qualunque tipo di richiesta arrivasse via fax o via lettera o via telefono, veniva catalogata diligentemente dalla redazione, poi fotocopiata, letta, approfondita e, se approvata dalla conduttrice, si procedeva con la preparazione per la messa in onda.

Il cestino con quelle fotocopie venute male era per la sarta un vero e proprio «pozzo dei desideri». Le storie che le persone raccontavano su carta erano struggenti. Pagine magari piene di errori d'ortografia ma che facevano trasparire dolore e pentimento, e comunque sempre la speranza di cambiare gli eventi. Malloppi di carta che raccontavano storie *vere*. Umane sofferenze che la facevano sentire un po' meno sola. Un'Italia afflitta che le faceva eco. Insomma, non esattamente una cura, ma senza dubbio una consolazione per una come lei.

A casa Anna ne aveva un'intera collezione, di quelle fotocopie. Tutte catalogate anno per anno, regione per regione, genere per genere, riunite per benino nella credenza dell'ingresso. Nessuno sapeva di quell'innocuo esproprio cartaceo. Del resto non c'era dolo nel portarsi a casa della carta mal stampata destinata al macero. E poi lei non avrebbe mai condiviso quel materiale con nessuno, nemmeno con quella ficcanaso della sua vicina di pianerottolo. Era il suo segreto, lo chiamava il suo «premio di produzione».

Quella sera, non appena Rossella scese alla sua fermata, Anna fece finta di non accorgersi che il giovanotto, vittima delle attenzioni della collega, stava scendendo alla stessa fermata, e cominciò a rovistare dentro la borsa. Se la sua collega si stava per fare l'ennesimo giro di giostra, lei si sarebbe fatta un viaggio nell'ennesima «vita degli altri». Dalla sua borsa tirò fuori una nuova scheda di «C'è posta per te» e, dopo essere riuscita a conquistarsi un posto a sedere, inforcò gli occhiali e cominciò a leggere.

Il primo foglio era un fax inviato da una donna che voleva ritrovare sua sorella, fuggita di casa vent'anni prima per colpa di un padre dispotico e di cui aveva perso completamente le tracce.

In un attimo tutta la realtà intorno ad Anna scomparve. Non c'era più la ragazza che faceva esplodere caramelle colorate sul suo cellulare, non c'erano più le persone accalcate una contro l'altra, i loro odori, le voci fastidiose, e nemmeno quei palazzi fatiscenti della periferia che si faceva sempre più periferia.

C'erano solo le storie di quelle persone, che l'accompagnavano nel lunghissimo viaggio fino ad Albuccione, dove abitava dai primi anni Novanta. E quella sera era così assorta nella vicenda delle due sorelle col padre orco, che a momenti perdeva la fermata di casa sua.

Il palazzo dove abitava era un monolite di una quindicina di piani con decine e decine di appartamenti; il paese in cui era nata, in Calabria, probabilmente aveva meno abitanti.

La facciata, un tempo verde scuro, era diventata giallastra e gran parte dell'intonaco era scrostato a causa delle intemperie. Tanto nessuno se ne curava; si pagava pochissimo in quelle case popolari, e questo bastava per digerirne la bruttezza.

Anna scese dall'autobus e raggiunse il suo palazzo, stringendo al petto la risma di carta che non vedeva l'ora di riprendere a leggere. Si era fatto buio, e solo allora notò che su alcuni balconi erano ancora accese le luminarie del Natale ormai passato da un mese.

"Si lamentano sempre che non arrivano a fine mese e poi guarda che spreco" pensò avviandosi oltre il portone, con la faccia immersa in una sciarpona beige che si era confezionata da sé.

«Buonasera, signora Anna» le disse una signora che abitava da sola al piano terra e che si era autoproclamata portinaia della scala. Tanto che in quel momento stava passando il mocio sul pavimento dell'atrio, senza che nessuno le avesse mai affidato quel compito.

«Buonasera, signora...» disse la sarta, che non ricordava il suo nome. E andò dritta alle cassette della posta.

«Ada, mi chiamo Ada... Posta?» le chiese l'altra.

«Ma si faccia gli affari suoi» le avrebbe voluto dire Anna, e invece si limitò a un «Così pare».

Infilò la piccola chiave nella serratura ed estrasse la posta del giorno: il volantino di un take-away cinese con servizio a domicilio.

«Belle notizie?» La finta portinaia fece capolino alle sue spalle.

«Non direi: non mi è mai piaciuta la cucina cinese» disse agitando la pubblicità.

Doveva averlo detto con un tono davvero contrariato, perché la donna si sentì in dovere di replicare: «Be', sempre meglio delle bollette!».

«Ah, quello sì!» fece Anna allungando la mano per chiamare l'ascensore.

«È ancora rotto, signora Anna.»

La sarta fece un sospiro. Le toccavano di nuovo quattro piani a piedi per la quarta sera di seguito.

«Allora m'incammino. Arrivederci, signora...»

«Ada, mi chiamo sempre Ada. Arrivederci, signora Anna, passi una bella serata» le augurò l'altra riprendendo a strofinare il mocio su quel pavimento di graniglia che le dava tanta soddisfazione tirare a nuovo.

La porta dell'appartamento di Anna si aprì strisciando leggermente sul pavimento e lei entrò nel piccolo ingresso. Appoggiò le sue cose su una credenzina, appese il cappotto a uno dei ganci sopra il portaombrelli, si tolse le scarpe sistemandole immediatamente all'interno di una scarpiera, e finalmente accese la luce.

Per prima cosa si diresse in cucina – uno stanzino di tre metri per due – e mise a bollire dell'acqua in un pentolino, quindi si spostò in camera da letto alla ricerca del suo coinquilino.

Guardò sul letto, poi sulla poltroncina sotto la finestra, gettò un'occhiata anche al cesto della lana che teneva sopra la cassettiera, ma di lui non vi era traccia di lui. Si spogliò ripiegando gli abiti sul letto a una piazza e mezzo, indossò la vestaglia di flanella – una delle due che alternava – e tornando in salotto pensò che c'era da ribaltare la casa e ripulirla da cima a fondo, non appena avesse avuto un po' di tempo. Lei non produceva sporcizia, ma il suo coinquilino sì, e parecchia.

E come entrò in salotto, eccolo lì, spaparanzato e sonnecchiante, sulla poltrona di velluto stinto.

«Attilio! Ti ho trovato, pigrone! Non si viene più a salutare, eh?» chiese Anna al suo gatto, nero come la notte. L'animale emise in risposta un debole miagolio, seguito subito da uno sbadiglio a tutte fauci.

Anna si sedette sulla poltrona di fronte, senza dimenticare di portare con sé gli occhiali e il plico di «C'è posta», come affettuosamente chiamavano il programma tutti quelli che ci lavoravano. Aveva bisogno di rilassarsi, la schiena era indolenzita dopo la giornata trascorsa china sulla macchina da cucire, e anche il viaggio l'affaticava sempre un po'. Per quanto amasse il suo lavoro e non si risparmiasse mai, c'erano giorni in cui la fatica si faceva davvero sentire. D'inverno, poi, la stanchezza della sera si tingeva pure di malinconia: le tornavano alla mente ricordi plumbei come il cielo e c'era solo da sperare che la notte passasse veloce. Anche Attilio, il suo gatto, sembrava soffrire di meteoropatia, per questo ci andava d'accordo. E poi, grandissima virtù, lui non le parlava. Il massimo era fare un paio di «miao» al giorno senza pretendere nemmeno una risposta.

«Attilio» disse «cosa ci mangiamo stasera?»

La bestiolina sollevò le orecchie per un momento.

A dire la verità, Anna non aveva affatto voglia di cucinare. Aveva automaticamente acceso l'acqua per il solito pugno di riso in bianco da condire con un filo d'olio e una spolverata di pecorino, ma ora che il suo occhio le era caduto sulla pubblicità del take-away cinese a domicilio, quasi quasi cedeva a quella pazzia. Almeno la posta ricevuta quel giorno non sarebbe stata inutile cartaccia.

In quel momento suonò il campanello.

«Oh mamma, sta' a vedere che è quella, dopo l'androne vorrà spicciarmi anche casa!» disse sbuffando in direzione di Attilio.

Si diresse con passi volutamente lenti verso l'ingresso. Per sicurezza, visto quanto si diceva in giro, diede un'occhiata allo spioncino. Non era Ada ma Rosa, la sua vicina di pianerottolo. E, senza per questo assumere un sorriso meno forzato, aprì la porta. Anna non amava le visite, e non faceva nulla per dissimularlo.

«Ciao, Anna. Disturbo?»

«No, è che sono appena rientrata e...»

«Sì, sì, lo so,» la interruppe Rosa, che parlava sempre a macchinetta «ti ho vista arrivare dalla finestra. Così ho pensato che magari non avessi voglia di cucinare e dato che stasera viene mio figlio con i ragazzi, e ho preparato per un esercito, insomma...» prese un respiro «ceni con noi?»

Anna si sentì accarezzare le caviglie, era Attilio che si strusciava dopo il sonnellino. Si piegò per prenderlo in braccio, esibendolo come motivo di diniego.

Rosa sorrise: aveva pensato anche a una ciotolina per lui, naturalmente, bastava solo che Anna le dicesse di sì.

Doveva essere il sesto invito in un mese da parte della vicina. E quello stava per essere il sesto rifiuto da parte sua.

Rosa aveva sessantasei anni – l'anno precedente l'aveva invitata anche alla sua festa di compleanno, invito che Anna aveva gentilmente declinato – ed era una donna un po' in carne, con il viso sempre leggermente arrossato e luminosi occhi verdi che guardavano il mondo con incrollabile speranza. Aveva perennemente un canovaccio tra le mani come se passasse tutto il suo tempo in cucina, e forse era davvero così. Le poche volte che Anna accettava i suoi inviti, e cioè da gennaio a marzo, esclusivamente il sabato sera, quando appunto si ritrovavano insieme per guardare «C'è posta per te», Rosa non la smetteva mai di trafficare. C'era sempre qualcosa sul fuoco o nel forno: una pizza o una torta da portare ai nipotini – un teppista di tredici anni e una principessina vanitosa di otto – oppure un arrosto per il giorno dopo. Se Rosa avesse potuto, avrebbe sfamato l'intera umanità sommergendola di manicaretti. Era il suo modo per passare il tempo e condividere il suo unico sapere con gli altri. Da giovane aveva fatto la cuoca in una scuola materna ed era stata così amata dai suoi bambini, che ogni tanto succedeva ancora che ricevesse una cartolina da qualcuno di loro, anche se erano trascorsi anni.

Anna per un momento pensò al triste riso in bianco che l'aspettava in cucina o all'unto di quello alla cantonese che le avrebbero consegnato a domicilio, mentre da casa di Rosa proveniva un profumino davvero invitante. Ma non fu abbastanza.

«No, grazie, lo sai che non voglio disturbare.»

«Dài, Anna, quale disturbo?! Su, non dire stupidaggini... e poi i ragazzi ti sono affezionati! Gli fa piacere vederti.»

Anna sollevò per un istante le sopracciglia. *Affezionati?* Ma se a malapena si ricordava i loro nomi! Sì, li aveva visti crescere, e i primi tempi li aveva anche tenuti un paio di volte in braccio. Poi però i loro contatti si erano limitati alle sue sgridate quando il maschio faceva chiasso in cortile con le miccette o il pallone e la bambina si fermava a pettinare le sue bambole con l'amichetta proprio davanti al portone di casa, intralciandole il passaggio.

«Davvero no, grazie. Sono molto stanca, è stata una giornata pesante al lavoro» disse calcando sulla parola *lavoro*, come per sottolineare il fatto che Rosa fosse invece una pensionata. «E ora ho solo voglia di andare a letto presto.»

La donna scosse la testa. «Sei sempre la solita. Almeno aspetta qui un secondo...» disse sparendo dietro la porta del suo appartamento, rimasta socchiusa.

Anna sapeva già cosa stava per succedere, e infatti un minuto dopo Rosa si palesò con in mano una piccola teglia di alluminio piena di lasagne fumanti.

«Se non altro prendi queste.»

Anna non era abituata a ricevere regali, era sempre un po' impacciata.

«Guarda che mi offendo, eh» la minacciò Rosa, dolcemente.

Anna posò il gatto a terra e prese la teglia.

«Grazie, Rosa. Sei sempre molto cara con me. Salutami tutti, allora...»

E sul viso di Rosa che annuiva, Anna richiuse finalmente la porta di casa, tirando un sospiro di sollievo. Ogni volta era a disagio quando aveva a che fare con gli altri per più di sessanta secondi. Non se lo spiegava nemmeno lei, ma più passava il tempo e più diventava come il suo gatto Attilio: scostante ed egoista.

Eppure lei e Rosa si conoscevano da quando si era trasferita lì, quasi vent'anni prima. A quel tempo la sua vicina viveva ancora con il marito e il figlio, Giulio, un adolescente timido e riservato: tutto il contrario di come si apprestava a diventare il nipote appassionato di miccette e pallone. Poi Giulio, terminata la scuola di perito chimico, aveva trovato lavoro dalle parti di Civitavecchia e se ne era andato. Pochi anni dopo il marito di Rosa era venuto a mancare. Era stato allora che aveva cominciato a cercare Anna più spesso. Anche troppo spesso, per i suoi gusti. Ma la sarta doveva ammettere che avere una persona gentile e abile ai fornelli sullo stesso pianerottolo era comunque una benedizione. Il profumo di quelle lasagne, poi, le stuzzicavano l'olfatto in maniera irresistibile.

Andò in cucina, spense il fuoco sotto la pentola con l'acqua, quindi apparecchiò con una tovaglietta il tavolino nell'angolo e, prima di profanare la teglia della vicina, prese il sacchetto dei croccantini di Attilio e lo rovesciò nella ciotolina.

Un attimo dopo il gatto stava sgranocchiando la sua cena con appetito e, col sottofondo di quel suono, Anna gustava la propria.

A un certo punto, attraverso la sottilissima porta d'ingresso, udì del trambusto sul pianerottolo: doveva essere Giulio, con i suoi ragazzi. Meno male che si era risparmiata la cena in comunità. Bastava la vivacità al di là della parete a metterle malumore, e il malumore avrebbe potuto farle andare di traverso quella meraviglia di lasagne.

Una volta ripulita la teglia con un tozzo di pane, Anna

la mise nel lavandino per lavarla e recuperarla per un secondo uso, poi spense la luce della cucina e si andò ad accomodare nella sua poltrona.

Quindi riprese in mano le fotocopie con la storia di «C'è posta per te» e ricominciò il bel viaggio iniziato sul 74 barrato. In quel momento stava proprio bene. Si sentiva in pace col mondo e con se stessa. Ci aveva messo quarant'anni a imparare a stare da sola, e ormai era l'arte in cui riusciva meglio, insieme a quella del cucito.

E poi sola in realtà non era. C'era Attilio e soprattutto c'erano loro, «le vite degli altri».

2

Era raro che Anna si intrattenesse con gli ospiti di «C'è posta per te» quando li raggiungeva in camerino per prendere le misure degli abiti. Ma con Lucia era scattato un feeling fin dal primo spillo appuntato su quella gonna troppo lunga sul ginocchio. Era una delle poche ospiti, infatti, che si era presentata porgendo la mano e chiedendole il nome; a lei che era una semplice sarta, null'altro che un'attaccabottoni e aggiusta-cerniere, l'elemento silente e invisibile di quella produzione.

Probabilmente Lucia quel giorno avrebbe parlato anche con l'attaccapanni, pur di scaricare un po' di tensione. La televisione fa questo effetto alle persone normali: una cosa è guardarla da casa, ben diverso è farne parte, entrare dentro il campo che sarà inquadrato dalle telecamere, sapere che milioni di occhi ti scruteranno e altrettante orecchie ascolteranno la tua storia.

Stringendosi la mano, le due si erano guardate negli occhi. «Che coincidenza, anche mia madre si chiama Anna! E anche lei fa la sarta!» aveva detto con sorpresa Lucia.

«Be', sì, strano...» aveva commentato Anna, stiracchiando appena un sorriso.

Lucia cominciò a raccontare che era venuta insieme ai suoi fratelli: Teo, di non molto più piccolo di lei, e Antonio, il più giovane della famiglia. Dal poco che Anna aveva sentito dire in redazione, erano lì per fare una sorpresa ai loro genitori. E con quella sorpresa c'entrava pure Keanu Reeves, il bell'attore americano a cui era stato destinato un camerino speciale con un buffet speciale perché i divi – si sa – hanno gusti speciali, altrimenti che divi sarebbero?

Di più, però, Anna non aveva scoperto. Quello di Lucia non era tra i casi che aveva rinvenuto nello stanzino delle fotocopie.

«Quindi oggi fate una sorpresa ai vostri genitori?» chiese Anna.

«Oh sì! Non so cosa si aspettino... Stamattina quando ci siamo visti qui a Roma, mi sembravano un po' nervosi, specie mamma. Sa, noi veniamo da un piccolo paesino, si chiama Erchie, sta in provincia di Brindisi. I miei genitori vivono ancora lì. Io invece sto qui a Fiumicino, mentre mio fratello Teo fa il cuoco a Torino e Antonio il magazziniere a Milano.»

«Sarà una riunione di famiglia con sorpresa: una festa doppia, allora!» esclamò Anna appuntando l'ultimo spillo. «Ora togliti pure la gonna, ho finito.»

«Subito» disse Lucia, senza cambiare discorso. «Papà ancora oggi si colpevolizza per il fatto che non ci ha goduti abbastanza, né quando eravamo piccoli né adesso, perché siamo tutti lontani. Una festa se la merita eccome!»

«E poi c'è quell'attore americano!...»

Lucia arrossì. «Chissà che faccia faranno mamma e papà... loro non sanno nemmeno pronunciare il suo nome, ma ogni volta che fa un film non se lo perdono.»

«Saranno felicissimi, vedrai.»

«Speriamo! Per me e i miei fratelli significa molto fare questa cosa per i nostri genitori. Con loro la vita non è stata generosa. E neanche con noi per la verità.»

La ragazza non smetteva di raccontare di sé. Disse che la donna che accompagnava suo padre non era la loro vera madre, anche se chiamarla «mamma» era per lei e i suoi fratelli la cosa più naturale del mondo, visto che era stata lei ad allevarli e a dargli tutto quell'amore venuto a mancare all'improvviso.

Anna avrebbe voluto chiederle tutto e di più, ma disse soltanto: «Ora prova la camicetta, per favore».

Lucia faceva quello che Anna le chiedeva, e intanto senza bisogno di sollecitazioni, proseguiva la sua biografia. Raccontava che la mamma che li aveva messi al mondo era morta quando lei aveva appena otto anni, Teo sette e Antonio ventidue mesi.

«Ricordo bene quel giorno» disse la ragazza, mentre gli occhi le si facevano lucidi.

Il padre era al lavoro e la madre si stava apprestando a preparare il pranzo. In casa avevano una cucina che si alimentava a legna e la donna si era avvicinata con una bottiglia d'alcol, che usava per far bruciare meglio la legna. Quel giorno, però, qualcosa era andato storto, perché all'improvviso Lucia e i suoi fratelli avevano visto un'enorme fiammata uscire dalla cucina e la loro mamma, avvolta da lingue di fuoco, correre gridando.

Qualche giorno dopo, nonostante gli sforzi dei medici, la poverina era venuta a mancare.

«Nostro padre ci aveva assicurato che ce l'avrebbe fatta» disse Lucia. «È l'unica bugia che ci abbia detto in tutta la sua vita.»

Dei giorni che seguirono la morte della madre, la ragazza ricordava la confusione, la gente che piangeva, e anche il padre, Domenico, che non riusciva a trattenere i singhiozzi neppure di fronte ai suoi figli.

«La notte, se mi capitava di svegliarmi all'improvviso, lo sentivo singhiozzare... poi però durante il giorno ci abbracciava e ci diceva che dovevamo essere forti, che mamma ci guardava dal Cielo e non ci avrebbe mai abbandonati.»

Poi era avvenuto il distacco. Domenico, che all'epoca aveva solo trentanove anni, lavorava in una ditta di pulizia in modo precario e con uno stipendio bassissimo. Gli ci era voluto poco per comprendere che non sarebbe stato in grado di crescere da solo i suoi tre figli.

«Un giorno ha preso da parte me e mio fratello Teo e ci ha detto che per un po' non avremmo più potuto stare insieme. Ricordo ancora le sue parole: "Piccoli miei, papà deve lavorare, altrimenti non sa come darvi da mangiare... ma se lavoro non riesco ad accudirvi con l'attenzione e l'amore che vi meritate e, soprattutto, se non studiate con giudizio non potrete garantirvi un futuro. Mai vorrei separarmi da voi ma dobbiamo farlo. Ho visitato un istituto molto pulito e pieno di ragazzini come voi, che oltre a permettervi di frequentare una scuola interna, vi darà da mangiare tre volte al giorno e un letto pulito per dormire. E soprattutto vi permetterà di stare uniti, almeno fra voi.»

Anna e Lucia furono interrotte dal vociare di persone che passavano per i corridoi. Dietro la porta c'era un fermento senza fine in vista della registrazione di quella puntata, mentre in quella stanza c'era un intimità quasi religiosa tra due perfette sconosciute.

«Noi lo chiamavamo il "villaggio"» riprese Lucia. «Non era un orfanotrofio come ci si può immaginare, con le classiche educatrici rigide che trattano male i bambini. Era una sorta di casa famiglia con persone che si occupavano amorevolmente di noi ventiquattr'ore su ventiquattro.» Lucia fece una pausa, quasi a deglutire le lacrime. «Il giorno in cui ci ha portati al "villaggio" ci ha detto: "Non mancherò mai una volta di venirvi a trovare, e non mancherà mai una mia telefonata. Ve lo prometto. E non ci saranno Natale, Pasqua o vacanze estive che non passeremo insieme". La sera prima avevamo dormito tutti insieme nel lettone, e ricordo che papà piangeva. Ci abbracciava e ci continuava a dire che ci voleva un mondo di bene. La mattina, appena svegli, ci ha fatto fare colazione tutti insieme attorno al tavolo e poi ci ha preparati con i vestiti lavati e stirati da lui. Ognuno di noi aveva una valigia con indumenti, libriccini e qualche gioco. Anche se lui aveva cercato di rendere quel momento il meno traumatico possibile, era stato un vero strazio. Ma papà ha mantenuto la parola: ogni domenica, il giorno delle visite, era lì. Anzi, arrivava mezz'ora prima perché sapeva che Teo era l'addetto alla spazzatura e che subito dopo il pranzo usciva dall'istituto e portava i sacchi ai bidoni. Così poteva vederlo qualche attimo in più. Poi, quando finalmente entrava per trascorrere l'intero pomeriggio con noi, ci dava i suoi regali: caramelle alla menta se avevamo il mal di gola e fazzolettini di carta per il moccico al naso o le lacrime nei momenti di malinconia... e fra tutti e tre, sai quanti pacchetti ne consumavamo a settimana...»

Lucia sorrise al ricordo, e Anna vide chiaramente nei suoi occhi tutto il sentimento che quella figlia nutriva per quel padre tanto amorevole quanto disgraziato.

Anna le controllò la camicetta: le stava bene – cosa in fondo poteva stare male su una ragazza tanto dolce? – ma forse quella maglia rossa e bianca che aveva portato come alternativa le sarebbe stata ancora meglio.

«Ti va di provare la maglia? Almeno ti dà un po' di colore...»

Anna ripose la camicetta sulla gruccia mentre Lucia indossava il capo rosso come rosse erano diventate le sue guance, risvegliate dai mille ricordi di bimba. Com'era strano per Anna non provare il solito disagio che la invadeva non appena si tratteneva a parlare con qualcuno. Ci sarebbe stata ore in quel camerino, ad ascoltare la vita di Lucia. Tanto che la straordinaria confidenza che si era creata fra lei e quella ragazza in modo tanto naturale, la convinse a osare una domanda.

«E la tua seconda mamma, quando è arrivata nella vostra vita?»

«Un giorno papà ha cominciato a parlarci di questa donna, della sua dolcezza, della sua semplicità... al punto che, senza neanche conoscerla, io e i miei fratelli le abbiamo voluto subito bene. L'abbiamo incontrata per la prima volta una domenica. Aveva tanti capelli ricci e neri, un sorriso timido e uno sguardo acquoso che ci potevi nuotare dentro. Come Antonio l'ha vista, le è corso incontro e le si è buttato al collo. Io e Teo, invece, ci abbiamo messo qualche tempo per lasciarci andare. Ma lei fin dall'inizio è stata affettuosa, ci portava le caramelle e ci dava piccole carezze... sia nei gesti che nelle parole noi bambini non aspettavamo altro. Anche se nel "villaggio" non ci mancavano le attenzioni, le sue erano diverse.»

In quel momento si affacciò una redattrice per offrire un sorriso a entrambe, un caffè per Lucia e chiedere se andasse tutto bene. Lucia annuì e appoggiò una mano sulla spalla di Anna: con una sarta tanto premurosa non poteva andare meglio, fece capire.

Come la ragazza si chiuse la porta alle spalle, Lucia riprese il filo da dove l'aveva lasciato. E cioè che un anno dopo quella prima visita al "villaggio", quella signora dai capelli ricci e neri sarebbe diventata la moglie del suo papà e la loro seconda mamma. Non sarebbero potuti capitare in mani migliori. Figurarsi che la donna, a chi le chiedeva perché non facesse dei figli con Domenico, rispondeva sempre: «Che bisogno c'è: io tre figli li ho già! E pure uno più bello dell'altro!».

La loro era diventata in pochi anni una vera famiglia. E così si era profilata all'orizzonte la possibilità, per Lucia e i suoi fratelli, di andare via dal "villaggio" e di tornare a casa. La situazione lavorativa di Domenico, però, era ancora molto precaria.

«Se da un punto di vista affettivo avevamo tutti i requisiti per vivere come una famiglia normale» continuò Lucia con una nota di tristezza «da un punto di vista economico, no. Ricordo bene i colloqui con il giudice che doveva stabilire se noi potevamo andare via. Ci fece tante domande. "Ti trovi bene al 'villaggio'?" E io rispondevo: "Sì". "Stai bene con mamma e papà?" E io rispondevo: "Sì". "Vuoi studiare?" E io rispondevo che era il mio desiderio più grande. Ero brava a scuola e avrei voluto continuare, esattamente come i miei fratelli. Se fossimo tornati a casa, però, non avremmo potuto farlo. E così il giudice decretò che dovevamo rimanere al "villaggio". Credo sia stato in quel momento preciso che...»

Lucia fece una pausa. E Anna capì che la grande ferita di quella famiglia era proprio lì, nelle parole che la ragazza stava per dire.

«Non potrò mai dimenticare la faccia di papà quando il giudice comunicò la sua decisione. Cercava di farsi coraggio e di mostrarsi forte, ma dentro di sé, ne sono certa, sentiva un macigno pesargli sul cuore, un profondo senso di colpa. E adesso, per questo senso di colpa, non vuole accettare l'aiuto economico che io e miei fratelli possiamo dargli. Purtroppo lui e nostra madre sono sempre in difficoltà... so che a volte fanno fatica a pagare le bollette... vorrei che avessero un po' di pace e che...»

«... E che tuo padre non si vergognasse più di quello che è successo» l'anticipò Anna.

Lucia si illuminò, gli occhi di nuovo lucidi. «Esatto, perché non ha niente di cui vergognarsi. Lui non ha colpa di nulla. È il papà migliore del mondo. E sua moglie è la migliore mamma che ci potesse capitare.»

Qualcuno bussò, e un attimo dopo la porta era aperta. Era di nuovo la redattrice del programma.

«Avete finito?»

La sarta annuì, abbassando lo sguardo per non rivelare la sua commozione.

«Abbiamo chiacchierato troppo. Colpa mia» disse Lucia con un sorriso.

«Bene, allora ti aspetto qui fuori» fece la redattrice, richiudendo la porta.

Lucia allargò le braccia con la sua maglia rossa e bianca e annuì. Aveva ragione la sarta, doveva darsi una botta di colore. Avrebbe tenuto quella in puntata.

«Grazie Anna, è stato davvero un piacere conoscerla.»

E prima che la sarta uscisse dalla stanza, Lucia l'abbracciò e le stampò un bacio per ogni guancia.

Anna, poco abituata alle effusioni, si limitò a stringerle gli avambracci. «Ora vai, dài. E fa' una bella sorpresa a tuo papà.»

Lucia sorrise di nuovo e abbandonò la stanza, lasciando Anna da sola.

La donna si sedette. Per quanto l'esistenza fosse stata crudele con quella ragazza, lei sembrava incredibilmente piena di gioia e di gratitudine.

Per un attimo il suo sguardo dolce le aveva ricordato quello di sua madre, Filomena. Non le succedeva spesso di pensare a lei, ed erano anni, ormai, che non andava a portarle un fiore sulla tomba, nel cimitero di Girifalco, il paese in Calabria dove Anna era nata e cresciuta, e dove i suoi genitori si erano conosciuti e innamorati.

Della sua prima infanzia, aveva ricordi bellissimi, spensierati. Ricordava le passeggiate mano nella mano coi suoi genitori sulle colline della Fossa del Lupo, all'ombra fresca degli alberi, e la domenica mattina fino alla chiesa di San Rocco, le campane che suonavano a festa e il sole che le batteva sulla faccia all'uscita da messa. Ricordava il luccichio dell'acqua che sgorgava dalla fontana della Cannaletta e i giochi che faceva con le bambine del paese nel cortile davanti a casa, mentre papà era in giro con la sua bancarella di cuoiame e mamma china in casa a confezionare qualche abito per le signore.

Tutto era stato bellissimo, almeno fino al giorno in cui aveva scoperto che la vita poteva essere spietata e infliggere dolore anche a chi non lo meritava affatto.

La domenica c'era un rituale a casa Procopio. E, come ogni rituale, Anna lo accoglieva con entusiasmo straripante.

Intanto si svegliava tardi, non dovendo andare a scuola; ma ancora più tardi si svegliava suo papà Ferdinando, che poteva rimanere a letto anche fino alle dieci e mezzo, visto che alla messa ci dovevano arrivare per le undici.

Sua madre, invece, era sempre già in piedi dall'alba e, mentre in tutta la casa si diffondeva l'aroma del pasticcio al baccalà, le preparava la colazione, che consisteva in una tazza di latte caldo e alcuni grossi biscotti duri e ricoperti di miele che preparavano giù al forno.

Finito di mangiare, Anna le faceva la solita domanda: «Mamma, mi aiuti a vestire?».

La domenica era il giorno dell'abito buono, quello bianco con ricamati i fiorellini blu, che sua madre aveva confezionato in casa e che quell'anno aveva dovuto modificare perché cresceva a vista d'occhio.

Quella domenica mattina, davanti allo specchio della sala, dove Anna dormiva in un divano-letto che magicamente, non appena si alzava, ritornava a essere un divano normale, sua madre le diede un bacio sulla guancia e le sussurrò in un orecchio: «Diventi ogni giorno più grande e più bella, angelo mio. Se penso che hai già otto anni... mi sembra ieri che sei nata». Le accarezzò i capelli e poi aggiunse: «Meno male che ho te, Annina mia».

Glielo diceva spesso, ma anche se non l'avesse mai fatto, lo avrebbe capito dai suoi gesti, sempre premurosi.

«Anche io meno male che ho te, mammina.»

E si abbracciarono per un istante, fino a quando sua madre, tirandosi di colpo indietro, esclamò: «Oh Signore, guarda se ti ho sporcato il vestito!», e indicò il suo grembiule da cucina costellato di macchie di sugo pomodoro.

Anna si ispezionò allo specchio, ma il suo vestito sembrava sopravvissuto alla strage.

«Per fortuna!» sospirò la madre, poi lanciò uno sguardo all'orologio e disse: «Ma tuo padre ancora dorme? Per carità, Annina, va' a svegliarlo che don Franco mica aspetta i dormiglioni per dire messa. Io intanto gli metto su il caffè».

«Sì, mamma» strillò Anna, tutta contenta. La divertiva enormemente svegliarlo. «Sei peggio di un ghiro!» gli diceva alzandogli le palpebre pesantissime con le ditina. Quel giorno pesavano ancora di più. Suo padre, un uomo non molto alto, con lunghi capelli castani e un paio di baffi folti, al primo disturbo di Anna si girò dall'altra parte, bofonchiando: «Un altro minuto, ti prego».

«Ma papà, la nonna ci aspetta a messa. Se facciamo tardi poi lo sai che mette il broncio.»

Perché quello era un altro momento del rituale della domenica di casa Procopio. A messa lei, papà e mamma avrebbero incontrato nonna Elsa, seduta al sesto banco di destra, la schiena ben eretta, il rosario tra le dita e gli occhi chiusi, concentrata nella preghiera. E alla fine della funzione tutti e quattro sarebbero tornati a casa insieme per pranzare con il telegiornale acceso che faceva da sottofondo.

Nonna Elsa era l'unica nonna che Anna aveva conosciuto. La madre di mamma era morta quando lei aveva appena due anni. Le avevano raccontato che le era andata di traverso una caramella, ma col tempo aveva scoperto che era stata colpa di una malattia dal nome difficile, che spesso colpiva il cuore delle donne.

Ogni domenica – e questo era l'ultimo tassello del rituale – dopo aver servito e bevuto il caffè, nonna Elsa salutava per tornare al suo appartamento, in una palazzina a pochi metri dalla chiesa dell'Addolorata, mentre mamma usciva per andare a sistemare la tomba di nonna.

Filomena prendeva dal cortile la sua Graziella blu, col cestino davanti ormai tutto rovinato, e pedalava sui marciapiedi perché le auto le mettevano paura. Raramente portava qualcuno con sé. Era il suo momento: alcuni minuti in cui poteva stare sola e in preghiera con la sua adorata mamma.

Anna solitamente, se era bella stagione, andava in cortile a giocare con le bambine del vicinato. E il tempo trascorreva veloce. Altrimenti restava in casa a rileggere i quaderni di scuola, dove facevano bella mostra di sé i buoni voti che la maestra le assegnava.

Quel pomeriggio il sole caldo e il venticello avevano fatto optare per la prima attività, e lei era in cortile a giocare a campana. Aveva disegnato con il gessetto i riquadri numerati per terra e aveva voluto essere la prima a cominciare. Una volta tirato il sassolino, si mise a compiere, saltellando su un piede solo, l'intero percorso per poi tornare indietro.

Quindi era stato il turno della sua amica Elisabetta, che quella domenica indossava un vestitino rosa di cui si era vantata per tutta la funzione, lì nel primo banco della chiesa dove sedevano i bambini. Le altre bambine non la sopportavano proprio perché dicevano che era vanitosa, ma Anna continuava a invitarla a giocare.

Così eccola lì, anche in quella domenica di fine aprile, a lanciare il suo sassetto e a cominciare a giocare a campana. Ma sul numero sei qualcosa andò storto: Elisabetta mise giù il piede male e un istante dopo si ritrovò a terra, con il viso stretto in una smorfia di dolore. Anna si precipitò ad aiutarla, le tese una mano per farla rialzare.

«Oh no! Il vestito no!» urlò Elisabetta non appena fu in piedi. Anna guardò meglio. C'era uno strappo.

«Se mia madre lo scopre mi riempie di botte» disse la bambina, mentre dietro di loro le altre se la ridacchiavano.

Anna pensò che c'era una persona che avrebbe potuto risolvere la situazione: sua mamma. Doveva solo raggiungerla al cimitero e convincerla a tornare a casa subito per rammendare quel buco.

«Tu fila a casa mia e aspettami lì.»

E senza pensarci Anna si mise a correre. Svoltò l'angolo e imboccò la strada in salita che conduceva al cimitero. Appoggiata a un lampione c'era la Graziella blu di sua madre. Perfetto: lei era ancora lì.

Si diresse decisa verso la tomba di nonna. Per fortuna aveva una buona memoria e si ricordava che doveva andare a destra, poi superare una grande statua della Madonna e finalmente sarebbe arrivata a destinazione. Ma sua madre non era lì.

Anna iniziò a cercarla tra le lapidi, forse era andata a prendere dell'acqua per i fiori alla fontanella. Vedeva donne col fazzoletto in testa, vestite completamente di nero, chine sulle tombe dei loro cari. Uomini pochissimi, come se oltre alle faccende domestiche anche le preghiere cimiteriali fossero appannaggio femminile. La bambina giunse fino alla piazzetta che segnava il centro del camposanto, ma di sua madre ancora nessuna traccia. Cominciò ad agitarsi: le era successo qualcosa?

Poi, finalmente, riconobbe la schiena.

Curiosamente la sua mamma era rannicchiata davanti a una pietra levigata, piccoletta e rosa, e al posto dei fiori nel vaso di peltro c'erano sette nanetti di gesso piuttosto scoloriti dal tempo. La donna li spolverava e li spostava, cambiandoli di ordine, come se stesse giocando.

Anna si fermò a qualche metro da lei. Anche se non avrebbe saputo dire perché, sentiva che non doveva avvicinarsi. La schiena della sua mamma era curva e faceva dei piccoli sobbalzi, la mano usciva dalla tasca stringendo un fazzoletto, stava facendo qualcosa che non aveva mai fatto, almeno non in sua presenza: piangeva. E a lei si gelò all'istante il sangue. Proprio la sua mamma che pareva sempre così forte e che in casa si occupava di tutto e tutti, ed era sempre col sorriso... lei, proprio lei, *non poteva* piangere.

Di chi era quella tomba? Perché mamma era così triste per quella persona? Che ci facevano quei nanetti colorati al posto dei crisantemi e, soprattutto, perché non aveva mai portato anche lei a pregarci, come faceva invece sulla tomba della nonna?

Come vide la madre muoversi e dirigersi verso l'uscita del cimitero, Anna si nascose lesta dietro a una siepe. E solo quando fu certa che non sarebbe tornata indietro, emerse dal proprio nascondiglio e a passi lenti si avvicinò a quella lapide semplicissima. C'erano soltanto un nome e un cognome: MIRIAM PROCOPIO.

Aggrottò le sopracciglia. Era un nome che non le diceva nulla, se non per il cognome che era identico al suo. Dopo aver scostato leggermente due dei nanetti di gesso, vide che c'era anche una data: 14 marzo 1957. Aveva imparato che sulle lapidi c'erano sempre la data di nascita e di morte e, quando mamma la portava con lei al cimitero, la sua attività preferita era fare i calcoli matematici per capire a che età fosse morta una persona piuttosto che un'altra.

Ecco. Solo che la Miriam Procopio in questione era nata ed era morta nello stesso giorno. Un viaggio di andata e ritorno davvero fulmineo. E poi guarda caso, anche Anna era nata il 14 marzo di quell'anno. Insomma, avevano un sacco di cose in comune: il cognome e il compleanno.

Chissà chi era.

Lo avrebbe chiesto a mamma certamente, ma non subito. L'aveva vista piangere, quindi era qualcosa che le procurava dolore. Rimise i nanetti dov'erano e corse a casa.

Elisabetta era in cucina con Filomena che stava riponendo la scatola del cucito sopra la stufa spenta.

«Ecco fatto, cara... per fortuna avevo il filo dello stesso punto di celeste. Vedrai che mamma nemmeno se ne accorge.»

«Grazie, signora Mena, grazie mille.»

Chissà, pensò Anna, se la sua amichetta aveva detto alla mamma che lei era andata al cimitero a cercarla. E soprattutto chissà se mamma sospettava che lei l'avesse vista piangere.

Per due giorni cercò di dimenticare quello che aveva visto. Sua madre del resto si comportava come sempre: di mattina le preparava la colazione, poi iniziava i suoi lavori di sartoria rimediati tra le famiglie bene di Girifalco e, quando lei tornava da scuola, trovava la pastasciutta fumante nel piatto.

Ma i pensieri dei bimbi curiosi battono come il picchio sul tronco. E quella pietra liscia e rosa, circondata da nanetti, era un'immagine che non la lasciava in pace.

Così una sera, mentre la madre le rimboccava la copertina leggera, Anna non riuscì a resistere e si buttò: «Mammina...».

«Sì, tesoro?» le chiese la madre accarezzandole la fronte.

«Mi racconti una storia?»

«Certo, amore mio, quale vuoi che ti racconti?»

Anna fece un respiro.

«Vorrei sentire una storia nuova.»

La donna si strinse nelle spalle. «Vediamo... Allora... C'era una volta...»

«Te lo do io l'inizio! C'era una volta... Miriam!»

Sua madre si sentì sfilare l'anima dal petto.

«Come hai detto...?» balbettò.

«Mi racconti la storia di Miriam Procopio?»

Filomena sbatté gli occhi a intermittenza, senza respirare. Anna allora si portò le ditina sugli occhi, a coprire le lacrimucce che le scendevano dalla vergogna.

«Non l'ho fatto apposta, mamma, ma domenica c'ero anche io al cimitero e ti ho visto che piangevi, su quella tomba rosa coi nanetti...»

La donna strinse la mano di sua figlia. Prima piano, poi

sempre più forte. Le lacrime già le rigavano le guance. E con un filo di voce le raccontò la storia di quella bambina venuta al mondo senza respiro, con gli occhietti già chiusi, che le aveva tenuto compagnia per i nove mesi di gravidanza e poi era volata in cielo senza motivo. Così. Come una foglia al vento. Anzi no, come una foglia proprio no, perché quella vola via solo quando è stanca e secca, e ha vissuto la sua intera estate, mentre quella bimba non aveva nemmeno visto la luce del primo sole. E mentre Filomena e suo marito gioivano per l'inizio della vita della bellissima Anna, si disperavano per la fine del viaggio mai iniziato della piccolissima Miriam.

Di fatto, Anna aveva una sorella, anzi una gemella. Era l'altra metà del grembo di sua madre, come fosse l'altra faccia della luna. Era il segreto dei segreti e Filomena mai avrebbe voluto che lo venisse a sapere in quel modo, e in quel momento.

Alla piccola Anna quella rivelazione diede un contraccolpo terribile. Fu come ritrovarsi dentro a una palla di vetro, di quelle con l'acqua e la neve finta che se la agiti forte scende lenta sul monumento di turno. Solo che al posto del monumento ci stava lei, piccolina e indifesa, e ad agitarla e a farle fare il giro dell'universo era stata una forza titanica come quella di un terremoto e un uragano messi insieme, che l'avevano fatta sbatacchiare contro le pareti, senza darle il tempo di prendere il respiro. E quando finalmente la bufera di neve finta si placò e lei si ritrovò sotto le lenzuola del suo lettino, nulla fu più come prima. Tutto ciò che conosceva non esisteva più. O almeno non aveva le stesse sembianze.

Anna scoppiò a piangere, più per la vergogna di aver risvegliato quel dolore in sua madre che per la perdita di qualcuno che non aveva conosciuto.

«Per questo ogni mio compleanno accendi in cucina una candelina rosa sotto quel quadretto coi sette nani? Per mia sorella?» chiese. Sua madre annuì. Poi le accarezzò i capelli, promettendole d'ora in poi di andare insieme la domenica. Anna si sarebbe presa cura dei nanetti e avrebbe potuto raccontare a Miriam quello che faceva a scuola. Poi le chiese di perdonarla. Prima o poi gliene avrebbe parlato. Aspettava solo che crescesse un altro po', le brutte notizie non sono fatte per i bambini.

Per parecchi giorni Anna pensò a quella sorella che non aveva mai visto, sforzandosi di ricordare il tempo della gravidanza passata in sua compagnia. Si immaginò nella pancia della madre insieme a quella bimba, magari a rincorrersi come pesciolini, a giocare ridacchiando, a dormire abbracciate. Immagini che le mettevano allegria. Una volta aveva provato persino a disegnarla e alla fine ne era uscito un ritratto di se stessa.

Di quel fatto comunque non ne fece parola con le amiche e tantomeno mai affrontò di nuovo l'argomento con la madre. Sapeva solo che il suo unico scopo nella vita, sarebbe stato quello di rendere felice quella donna buona che aveva tanto sofferto. Sì. Per nessuna ragione al mondo, Anna avrebbe deluso la sua mamma. Che aveva già pagato il suo bel conto al destino. D'ora in poi, soltanto buone notizie per lei. Come quelle che si riservano ai bambini.

E invece l'aveva delusa eccome. Ma non ci doveva pensare, ora che aveva i capelli grigi e Filomena era andata a tenere compagnia a Miriam e ai nonni e pure al padre e a tanti altri parenti, altrimenti le saliva la febbre. Davvero. Ogni volta che Anna ripensava alla storia della sua famiglia, cadeva malata. L'unica terapia possibile era scacciare ogni memoria non appena quella faceva capolino. E così fece anche quella sera, mentre era seduta sul 74 barrato che la stava riconducendo a casa. Chiuse gli occhi e fermò ogni pensiero.

Rossella era appena scesa e per fortuna il mal di gola l'aveva costretta a tacere. Rimasta sola e stranamente con un buon posticino senza ragazzi chiassosi accanto, Anna si mise poi a osservare l'infilata di automobili e casermoni, il solito panorama infelice che vedeva tutti i giorni, due volte al giorno, prima in un verso e poi nell'altro.

Un messaggio sul cellulare la destò. Lo aprì svogliata, si aspettava fosse la produzione che la convocava per la successiva registrazione. E invece c'era la foto della maglia rossa e bianca di Lucia e una didascalia sotto: «Te l'ha lasciata la ragazza della storia del "villaggio". Dice che a te starà benissimo, di abbracciarti e che ti porterà nel cuore».

Anna rilesse il messaggio almeno tre volte. Incredula ed emozionata come quando si era trovata la prima volta davanti all'arcobaleno. Anche lei avrebbe portato nel cuore quella Lucia. E pure i suoi fratelli buonissimi. Per non parlare di Domenico e di sua moglie. Ma addirittura un regalo per lei, chi se lo aspettava.

Quel pomeriggio Anna era stata testimone, insieme a tutto il pubblico totalmente assorto in studio, di una storia speciale che aveva per protagonisti persone speciali. La busta alla fine della lettera era scivolata via sul jingle della trasmissione e quella famiglia si era riabbracciata. Avevano vinto anche se erano nati perdenti.

La sorpresa organizzata in studio era riuscita perfettamente. La lettera dei figli era stata davvero toccante e, ciliegina sulla torta, era sceso dalla scala il loro attore preferito, l'americano Keanu Reeves, che aveva abbracciato quei genitori tanto buoni e tanto sfortunati con una tale commozione che sembrava proprio gli volesse bene.

Succedeva spesso a «C'è posta», che gli ospiti famosi rivelassero la loro squisita umanità. Davanti a certe vite, chi è più fortunato si sente quasi in colpa e, una volta seduti sul pouf, si è cristiani alla pari. Divi e disgraziati.

Alla fine c'erano stati anche i regali per quei due genitori: una macchina da cucire per la mamma e una bicicletta per il papà. E un portafogli bello gonfio per tamponare i bisogni del momento.

Come aveva detto Maria De Filippi in trasmissione, leggendo la prima riga della lettera dei tre figli ai loro genitori, non tutte le storie cominciano con «C'era una volta» e finiscono con «E vissero tutti felici e contenti», ma ci si può sempre dare la possibilità di ricominciare.

Era vero? O erano soltanto parole?
Lei, Anna, avrebbe mai ricominciato?
In quel momento Anna avvertì una fitta al ginocchio. Un bambino moccicoso, seduto in braccio alla madre, le aveva appena tirato un calcio forse per sbaglio, sporcandole di terra la gonna. In un qualsiasi altro momento Anna avrebbe reagito stizzita da tipica zitella, ma quella sera no. Quella sera era stranamente in pace con il mondo. O comunque il mondo non le dava fastidio più di tanto.

3

Per quanto il lavoro televisivo fosse sempre vario e imprevedibile, Anna era riuscita a trovare una sua routine anche dietro le quinte di «C'è posta per te». Quando aveva finito di preparare gli ospiti, si posizionava davanti a un monitor proprio accanto all'ingresso di Maria De Filippi e da lì seguiva tutta la registrazione. Era qualcosa che l'appassionava, quanto e più della lettura. E l'appassionava ancora di più se di quel caso era riuscita a leggere in anteprima gli appunti trovati nello stanzino delle fotocopie.

Insieme a lei c'erano sempre i redattori che avevano seguito la storia e l'immancabile truccatrice Rossella.

Quel pomeriggio registravano, tra gli altri, la storia di un ragazzo campano per il quale Anna aveva trovato un look che lo rispecchiava: semplice e pulito. Gabriele era il suo nome.

Nel camerino se n'era stato molto sulle sue, tutto concentrato a gestire l'ansia che – era evidente – gli stava stritolando lo stomaco. Si divorava le unghie, pallido, e non aveva detto una sola parola. Soltanto un «grazie» educato dopo che la sarta gli aveva sistemato il bottone alla giacca, che era un po' allentato e rischiava di staccarsi.

Così, una volta davanti al monitor, Anna non sapeva nulla della sua storia.

Per introdurlo Maria aveva esordito così: «Quando ho

conosciuto Gabriele, lui mi ha detto: "Voglio venire a 'C'è posta per te' per fare un regalo a mio padre"».

E quel regalo era già lì, seduto sul pouf insieme a Gabriele. Era l'allenatore Antonio Conte.

Il padre, infatti, era uno juventino sfegatato e Gabriele voleva fargli incontrare il suo idolo.

«È un po' di tempo che non vedo mio padre sorridere, quando è a casa se ne sta sempre sul divano, con lo sguardo perso» spiegò Maria, proprio con le stesse parole che aveva usato Gabriele quando le aveva raccontato della sua vita. «Io voglio dire a mio padre che lui è il mio eroe, ed è il mio eroe anche se in questo momento non può farmi regali costosi e se tutti i giorni a tavola non ci può essere la carne.»

"Quante persone fanno fatica ad arrivare a fine mese di questi tempi" pensò Anna. Quando ascoltava storie del genere, per quanto abitasse in un appartamentino popolare alla periferia della città, sentiva che in fondo era fortunata, e che avrebbe dovuto tenersi ben stretta quel lavoro.

Sapeva bene cosa significava fare fatica ad arrivare a fine mese. Tutta la sua vita glielo aveva insegnato, fin dall'infanzia. Aveva sempre lavorato. E ancora sarebbe andata avanti a farlo.

«Mio papà» proseguì Maria «è uno che parla poco, e anche io sono una persona che parla poco. Ma quando è arrivata la crisi io me ne sono accorto, perché le abitudini in casa sono completamente cambiate. Io osservo tutto e ho capito perché mio padre stava sempre seduto su quel divano: aspettava una telefonata. La telefonata, quando arriva, gli consente di lavorare. E allora io che faccio? Mi metto seduto sul divano accanto a lui e spero che quel telefono suoni. Quando suona, finalmente lo vedo felice. Ma il problema è che il telefono non suona così spesso. E quando va bene mio padre riesce a portare a casa seicento euro al mese... che facendo i conti non sono poi molti, visto che quattrocento se ne vanno per l'affitto e per fortuna la padrona di casa non è una che sta attenta al giorno in cui riusciamo a pagare.»

Anna osservò sul monitor lo sguardo di Gabriele. Era ancora un ragazzino – lo si vedeva nel modo in cui deglutiva nervoso – eppure si era raccontato a Maria con una consapevolezza impressionante.

«Io ho imparato a non chiedere niente» andò avanti Maria, ripetendo sempre le parole che Gabriele le aveva detto quando si erano incontrati in ufficio, giorni prima. «Però la mia sorellina, che ha tredici anni, ancora certe cose non le capisce e ogni tanto chiede di poter avere qualcosa di nuovo. Mia madre, poi, non può andare a lavorare, perché è appena nato il piccolo Simone.

«Ecco, questa è la situazione. A me non importa se io non posso andare a comprarmi i vestiti, non mi importa se non c'è il regalo a Natale sotto l'albero. Non sono queste per me le cose importanti. A me importa che mio padre a un certo punto non dica: "Basta, non ce la faccio più". A me, importa solo che non si arrenda.

«Io, per quanto mi riguarda, ho sempre cercato di fare quello che mi ha chiesto, e cioè diplomarmi. E infatti alla fine mi sono diplomato. Ma ciò che voglio è poter aiutare in casa. Quest'estate, per esempio, sono andato a lavorare, e sono riuscito a guadagnare duecento euro. Tornare a casa con quei soldi per me era come aver conquistato il mondo, perché per la prima volta potevo portare qualcosa a mio padre. Così quando lui è venuto a prendermi alla stazione, gli ho proposto di andare subito al discount per fare una grande spesa per tutta la famiglia, ma lui quei soldi non li ha voluti. Alla fine sono riuscito solo a fargliene prendere la metà.»

«Meno male che esistono ancora ragazzi perbene... mi ricorda tanto Giampaolo, sai il figliolo di...» sussurrò Rossella.

«Ora no, Rossella! E che diamine, stai un po' zitta.»

Maria, intanto, continuava a leggere le parole del ragazzo.

«Io non andrei mai a rubare. Se c'è una cosa che mio padre mi ha insegnato, quella è l'onestà. Non me l'ha insegnata a parole, ma con il suo comportamento. Mio padre è un uomo pulito nella vita.»

A quel punto Maria si interruppe e si rivolse a Gabriele: «Come va?».

Il ragazzo sorrise, ma il mento tremolante tradiva tutta la sua commozione. «Bene.»

«Vediamo la consegna della posta al tuo papà?»

Il ragazzo fece di sì con la testa, e l'aletta della grande busta davanti a lui si sollevò per mostrare il filmato.

Il postino Maurizio si trovava a Frattamaggiore, in provincia di Napoli. Quando giunse alla porta di casa e venne ad aprire il padre di Gabriele, Rossella esclamò: «Caruccio 'sto Bartolo, eh?».

Anna scosse la testa. La sua collega non cambiava proprio mai, nemmeno adesso che la sua storia col tipo del 74 barrato navigava a gonfie vele.

Quando la consegna fu completata, e il monitor mostrò nuovamente l'immagine dello studio, Maria disse a Gabriele: «Ti assomiglia tantissimo!», poi dopo aver invitato Conte a nascondersi dietro la busta, si diresse dall'altra parte e, come vuole il rito da oltre quindici anni, la conduttrice chiese al postino: «Maurizio, Bartolo ha accettato l'invito?».

«Bartolo ha accettato l'invito ed è qui con noi.»

E l'uomo entrò, andandosi a sedere davanti alla busta.

«Ho detto caruccio... be', mi correggo: è proprio bello questo Bartolo!» disse Rossella.

Anna fece finta di non aver sentito e non distolse gli occhi dal monitor.

Come faceva con tutti gli ospiti, Maria chiese: «Conosci un po' la trasmissione?».

«Sì, la seguo» rispose Bartolo.

«Sei un po' agitato?»

«Un pochettino.»

«Tra poco vediamo chi ti ha mandato a chiamare. E tu mi dici se può parlare.»

«Okay.»

«Apriamo la busta.»

E la busta si aprì mostrando un minuscolo bambino, in

camicia bianca e pantaloni da uomo, che si imbrattava le guance con la schiuma da barba davanti a un lavabo.

Una voce infantile diceva: «Mi ricordo quand'ero bambino e mi ricordo i miei sogni. Più di ogni altra cosa volevo diventare grande, perché più di ogni altra cosa volevo diventare proprio come te».

Il bambino si allontanò dal lavabo e si avvicinò a qualcuno che la regia scoprì lentamente.

Era Gabriele, suo figlio.

Non appena lo vide sullo schermo di fronte a lui, Bartolo abbassò la testa e scoppiò a piangere. Anche Gabriele, dall'altra parte della busta, non riuscì più a trattenersi.

Piangevano nello stesso modo, padre e figlio, tenendosi il naso con le dita, con la dignità di chi è maschio e quindi non vuole mostrarsi sopraffatto dalle emozioni, pensò Anna. E preferì non voltarsi verso Rossella: era sicura che avesse cominciato a piangere anche lei.

«Hai un figlio dal cuore d'oro, sappilo» disse Maria, e chiese a Bartolo se Gabriele poteva parlare.

«Assolutamente sì» rispose l'uomo.

Gabriele era emozionato, il mento gli tremava quanto la voce che riuscì con chissà quale sforzo a far uscire.

«Quand'ero bambino» disse «io volevo diventare come te. Ora sto crescendo e il mio sogno è ancora quello: diventare come sei tu ora.»

La commozione a quel punto fu troppa, e il pubblico esplose in un applauso scrosciante, mentre dal soffitto calavano delle fotografie che ritraevano momenti di tenerezza fra padri e figli: un uomo che bacia teneramente un neonato, un altro che fa volare in aria il figlioletto di pochi anni...

Maria si sedette accanto a Bartolo, inforcò gli occhiali e cominciò a leggere la lettera di Gabriele.

«Caro papà, questa lettera è per te. Contiene tanti pensieri che ogni giorno mi passano per la testa e che ho bisogno di raccontarti perché fra i miei pensieri ci sono cose che tu non sai. La prima è che se ci fosse data la possibilità, quando veniamo al mondo, di scegliere il proprio padre, io senza alcun dubbio, anche tra un milione di papà, sceglierei te.»

Sulle note di una musica dolcissima, un bambino portò un'altra fotografia, posta su un carrellino che fece scivolare fin davanti all'uomo. E questa volta il padre e il figlio ritratti non erano un padre e un figlio qualsiasi: erano Bartolo e Gabriele. La stessa pettinatura, gli stessi colori: chiunque, vedendo quella foto, avrebbe detto che fossero padre e figlio. L'uomo, sorridente, passava un braccio sopra la spalla del ragazzo, sul cui volto era dipinta un'espressione tranquilla, di piena serenità, come se lì, accanto al padre, sapeva che non gli sarebbe mai potuto succedere qualcosa di brutto.

«In questa foto» proseguì Maria «io sono con il mio eroe. Perché tu sei il mio eroe. Sei l'uomo che vorrei essere da grande. Sei forte, sai tante cose. Sai capire quello che è giusto e quello che non lo è. Sai rinunciare, sai voler bene, sei capace di far sentire al sicuro tutti noi. Conosci i sacrifici, sai proteggere, resistere e combattere senza arrenderti mai. Io non so che vita mi aspetterà da grande, non so che uomo sarò, ma so che dentro al mio cuore c'è già l'immagine dell'uomo che vorrei essere. Vorrei essere uguale, identico al mio papà.»

Il pubblico applaudì di nuovo.

«Tu mi hai detto che sognavi una famiglia numerosa e ci sei riuscito. Sognavi di trovare una moglie bella, brava e buona e l'hai trovata e saputa conquistare, perché io ho la mamma migliore che ci sia. Volevi prenderti cura delle persone a cui vuoi bene, e lo sai fare con tanta forza, una forza che io non ritrovo nei papà di molti miei amici. Loro hanno un lavoro e tutti i mesi sanno che riceveranno uno stipendio. Tu adesso su quello non puoi contare, eppure non ti arrendi mai, non lasci passare un giorno senza tentare di ottenere quello che dovrebbe essere naturale per uno come te: uscire di casa, andare a lavorare e guadagnare quello di cui vivere. È una cosa semplice, fa parte della vita di tanti, ma nella tua non è andata così.

«Lo so, c'è la crisi. Lo dicono tutti, lo dice la televisione, lo dicono i giornali, lo dice la gente sugli autobus. Ma io non ho bisogno di ascoltare o leggere per capire di che si tratta: io cosa significa "crisi" lo leggo direttamente nella tua faccia. Crisi vuol dire perdere il sorriso tanti anni fa, crisi vuol dire andare avanti a vendere due collanine d'oro per fare la spesa, vuol dire smettere di fumare perché fa male, sì, ma soprattutto perché è un lusso che non ti puoi permettere. Crisi vuol dire aspettare la nonna che ogni tanto ci porta la spesa, perché nel piatto, forse, ci sia un po' di carne. Crisi vuol dire da dieci anni avere tre magliette nell'armadio e non pensare nemmeno per sbaglio a desiderarne una nuova, vuol dire avere una figlia che dice: "Papà, ho ancora fame", e prendere la propria pietanza dal piatto per darla a lei. Lo so cosa vuol dire crisi. Ma essere un eroe vuol dire saper fare tutto questo con dignità, senza mollare mai, proprio come fai tu. Tu mi dici sempre che ti sarebbe piaciuto riuscire a prendere il diploma, e che forse io, avendolo preso, magari riuscirò a fare meglio di te nella vita.»

Sul monitor comparve Gabriele, il volto rigato dalle lacrime, ma lo sguardo ancora sollevato rivolto al padre.

«Però io penso che tu, anche senza diploma, sia il migliore papà del mondo.»

A quelle parole Bartolo si nascose la faccia tra le mani e prese a singhiozzare. Maria si voltò verso di lui e d'istinto gli appoggiò una mano sulla spalla, come a dirgli: «Forza, ti vogliamo tutti bene».

«Tu non avrai il diploma, papà, ma hai la laurea di migliore papà del mondo» finì di leggere Maria, mentre un bambino entrava in studio e porgeva a Bartolo il tocco universitario, con la nappa nera. All'unisono tutto il pubblico si alzò in piedi, indossando lo stesso copricapo da laureando e applaudendo commosso il vero protagonista, Bartolo, campione di tenerezza. Un colpo di scena che mozzò il fiato persino allo staff dietro le quinte.

La lettera poi proseguì, sempre per voce di Maria.

«Quando ero piccolo mi ricordo che mi accompagnavi a letto, e non sapevi le favole. Non ne sapevi nemmeno una, allora per farmi addormentare mi cantavi le canzoni famose, storpiandone le parole. Le inventavi, le allungavi, ci mettevi dentro un po' dei fatti nostri e io mi addormentavo felice perché tu eri vicino a me. Tu eri tanto diverso da adesso. Avevi voglia di scherzare e di giocare, ti sentivo ridere con mamma, fare programmi e prenderti le tue piccole soddisfazioni. Ogni tanto, la domenica, andavamo a mangiare la pizza tutti insieme. Vedevo te e mamma sorridere, a volte uscire solo voi due. Vedevo la speranza nei vostri occhi.» Maria fece una pausa. «Oggi non è più così, ti vedo seduto sul divano di casa nostra, da solo coi tuoi pensieri, il televisore acceso su un canale a caso, a guardare le immagini scorrere senza nessuna attenzione. È una scena che vedo spesso e che mi stringe il cuore, perché io so che quell'uomo è un uomo forte, dignitoso, di buona volontà, ma che nessuno sembra volere.»

Anna accusò queste ultime parole. *Un uomo che nessuno sembra volere.* Sembrava la descrizione di suo padre, Ferdinando, che tutti chiamavano Nando.

Da bambina ne era innamorata perché era un uomo dolce. Non era di quelli che stavano sempre al lavoro oppure al bar a bere bicchieri di vino, fumare sigarette e giocare a carte sopra tovagliette plastificate. Lui a casa ci stava tanto, ogni volta che poteva, e quasi nemmeno ti accorgevi che ci fosse perché era felpato nei passi e garbato nei movimenti. La riservatezza era una qualità che Anna aveva ereditato proprio dal buon Nandino, come lo chiamava mamma nei giorni di buona.

Con lui faceva spesso lunghe passeggiate, oppure andava al mercato per la spesa o per ritirare la legna per il camino, mentre mamma era impegnata a governare la casa o a rammendare qualche vestito.

Ricordava pure che per certi periodi, invece, si assentava. Mamma le diceva che papà era dovuto partire per affari. Quei periodi, però, non duravano mai molto. Magari passava qualche settimana, e poi papà era di nuovo a casa, tutto per lei. E ricominciavano i giochi, ricominciavano le passeggiate.

Lo aveva capito verso i dieci anni che suo padre era un

uomo che non riusciva a tenersi stretto un lavoro. E che nella sua famiglia si sopravviveva non certo grazie a quelle poche settimane all'anno che trascorreva in qualche cantiere in giro per la Calabria, bensì all'ago e al filo che sapeva usare la buona Filomena, a mano come sulla macchina da cucire. Ci si era consumata gli occhi quella donna su asole e orli, ma lo faceva davvero con passione. Tanto che non appena aveva finito di confezionare per le sue clienti, si metteva a tagliare e a cucire per la sua bambina.

Anna non era mai stata accompagnata in un negozio a comprarsi un vestito nuovo. Era sempre sua madre a confezionarglieli, con avanzi di stoffa rimediati da qualche vicina, e il figurone era puntualmente assicurato. Con il buon gusto, diceva sempre, avrebbe potuto farle un abito di sole foglie, e renderla bella come la figlia di un re.

Anna scosse piano la testa, quasi a placare i ricordi che le zampillavano dentro, e tornò a sintonizzarsi sulla voce della De Filippi.

«Tu sei per me come un fratello» stava leggendo Maria «un compagno di vita, una guida instancabile, un punto di riferimento di cui non potrei fare a meno mai, l'esempio migliore da seguire. Tu mi hai insegnato che se sei onesto non c'è niente di cui ti devi vergognare, e per questo casa nostra è aperta a tutti i miei amici. Perché io ho imparato da te che sebbene sia umile e con il frigo sempre vuoto è la casa di una famiglia perbene, mi hai insegnato a non pretendere, e a cercare di dare prima di chiedere, a guardare alla vita nonostante tutto, con la speranza sempre con me. Il giorno del mio compleanno mi hai scritto una lettera, che ho chiuso nel mio armadietto speciale ma che è stampata a chiare lettere nel mio cuore.»

Sul monitor, ogni tanto, compariva il volto di Antonio Conte, anche lui con lo sguardo acquoso.

«In questa lettera, che è stato il regalo più bello che mai potessi ricevere, mi hai scritto delle parole bellissime. Che sei orgoglioso di me, e che per me hai tante speranze. Io voglio parlarti di una speranza che ho io per te. Io vorrei che quel sorriso che ho conosciuto quand'ero piccolo, che ti riempiva il volto ogni giorno per l'orgoglio di aver costruito la tua famiglia proprio come volevi tu, torni a comparire – quel sorriso che ho visto l'ultima volta quando è nato il mio fratellino Simone due anni fa. Quel sorriso io non lo vedo più, c'è solo una ruga profonda che è comparsa sulla tua fronte e che è lì per mostrare quanto dolore e preoccupazione hai nel cuore. Ti sento quando dici a mamma che non è giusto farci vivere così, che tu non fai abbastanza per la tua famiglia. Ecco, io voglio dirti che la speranza che hai mantenuto viva a costo di delusioni, e di mille "no" alle tue richieste di lavoro, a costo di umiliazioni, sacrifici e rinunce, prima o poi ci ripagherà. Perché tu lo meriti, papà.

«I figli, alla mia età, di solito sono un po' critici nei confronti dei loro genitori. Io invece ho avuto un eroe come papà e non posso credere che me ne sono accorto solo io. Vedrai, prima o poi torneranno i giorni in cui ci prendevi e ci portavi tutti al mare, ti sdraiavi al sole e sul tuo volto vedevo la serenità di chi sa di meritare il suo giusto momento di riposo.

«Stasera sono qui per dirti, come mi hai insegnato tu, che la vita va rispettata. Sempre. Perché a suo modo, con i tempi suoi, qualcosa ti ridà. Come quando ero piccolo e tu tornavi a casa dal lavoro, aprivi la scatola del puzzle e mi aiutavi a ricomporre il disegno raffigurato con pazienza e con amore. Pezzo dopo pezzo riuscivamo insieme a riformare il quadro, e così, con pazienza e amore, mi hai insegnato a diventare grande. Ecco perché stasera, papà, ti prego di crederci ancora. Non mollare la presa mai, perché le cose giuste di tanto in tanto succedono. Io lo chiedo anche solo per far tornare il sorriso sul tuo volto. Adesso so che sembro proprio te quando alleni la tua piccola squadra di calcio, e forse il mio è stato un po' come il discorso dell'allenatore quando vuole incitare la sua squadra a fare bene. Ma fra un papà e un allenatore qualche somiglianza c'è, e io so che tu sei un bravo allenatore, perché so, per certo, che sei un grande papà.»

Rossella posò una mano sul polso di Anna. «Chissà quando vedrà comparire Antonio Conte!»

Anna fece di sì con la testa, ma intanto pensava a sua madre, al fatto che il ruolo dell'allenatore, a casa loro, era stata sempre lei a ricoprirlo. Anche se per un periodo era sembrato che le cose potessero prendere una piega migliore.

Lei aveva sì e no dieci anni, quando uno zio di papà aveva deciso di cedere la sua licenza di ambulante: trattava borse, portafogli, cinture, pellame e cuoi. E dal momento che non aveva né moglie né figli aveva provato a chiedere a suo nipote Ferdinando se fosse interessato a rilevarla.

Mamma era entusiasta, anche se non sapeva dove avrebbero trovato i soldi per pagare, perché lo zio quella licenza non la regalava di sicuro, ma la vendeva, e senza neanche troppi sconti.

Alla fine era dovuta intervenire nonna Elsa. Aveva dato fondo ai suoi risparmi pur di aiutare il figlio in quella nuova attività, ma senza dimenticarsi di farlo pesare. «Spero mi sarete riconoscenti» aveva detto alla nuora una domenica pomeriggio nella loro cucina, mentre Anna era impegnata con i compiti e sua madre finiva di rigovernare.

Anna aveva sollevato lo sguardo dal quaderno e aveva visto l'espressione della madre: sembrava un animale in trappola. In quel momento aveva capito un'altra cosa: nonna Elsa era una donna che amava avere tutto e tutti sotto controllo, in primo luogo la nuora, che probabilmente, almeno a giudicare dai suoi sguardi, non reputava all'altezza del suo unico figlio maschio.

Forse diventare grandi significava proprio quello, aveva pensato Anna. Capire che ciò che sembra bello, spensierato, spontaneo, in realtà nasconde spesso un lato oscuro. Capire che tua madre aveva delle preoccupazioni, che tuo padre era un uomo mediocre e tua nonna un tiranno non era per nulla un quadretto rassicurante.

Ma nonostante il monito della suocera, mamma era contenta, finalmente suo marito avrebbe avuto un lavoro di responsabilità, un'entrata fissa, un'occupazione che gli avrebbe, se non altro, fatto tirare un piccolo sospiro di sollievo.

Ferdinando si lasciò condizionare da moglie e madre,

ma Anna lo vedeva che era piuttosto titubante. Diceva di non avere il carattere, di non essere tagliato per il commercio, che per fare soldi bisognava avere il pelo sullo stomaco ed essere capaci di fregare la gente. E poi che ne sapeva lui di pellame, lui che aveva fatto la vita intera il carpentiere? Tutte sante ragioni, per carità, che durarono il tempo di una cena, alla fine della quale si era trovato costretto a capitolare. Il giorno dopo avrebbe rilevato la licenza dello zio e cominciato a fare l'ambulante di cuoiame.

Nando si svegliava che fuori era ancora buio, radunava le sue merci e partiva con la macchina. Ogni giorno c'era una piazza diversa dove montare la sua bancarella e provare a vendere i suoi prodotti.

L'entusiasmo di mamma ben presto però si spense. Per vendere papà doveva acquistare in anticipo, e anche in una certa quantità, la merce per diversificare il più possibile la scelta. Anna ricordava mamma, alcune mattine, in cucina con un'espressione preoccupata a contare gli spiccioli che teneva nel barattolo per comprare il minimo indispensabile da mettere sotto i denti. Papà non aveva davvero lo spirito del commerciante. E Anna presto lo avrebbe scoperto.

Era un giorno d'inizio estate, e la scuola era appena finita. Papà aveva rilevato la licenza da pochi mesi e più di una volta Anna si era fatta raccontare per bene in cosa consistesse il suo lavoro. A sentire Ferdinando, pareva qualcosa di sensazionale: c'era il viaggio a bordo della loro macchina sgangherata, poi la bancarella da montare senza avere quasi il tempo di esporre la merce che tanta gente già si dava di gomito per toccare il portafogli di similpelle o la cintura con le borchiette.

Quella mattina Anna aveva chiesto a suo padre di portarla al mercato con lui, e lui aveva acconsentito. Solo che una volta dietro il bancone nella piazza di Squillace, seduta su una sediolina accanto al babbo, il tempo aveva cominciato a scorrere lento. Mentre gli altri venditori ambulanti reclamizzavano a squarciagola la loro mercanzia – melanzane, soppressate, calzettoni, detersivi per la casa – papà se ne stava in silenzio, ed erano rare le persone che si fermavano a dare un'occhiata, più rare ancora quelle che comperavano. All'inizio, per far divertire Anna, aveva urlato anche lui qualcosa, poi nel giro di poco gli si era scaricata la dinamo. E si era ripiegato sulla sediolina di plastica. Contrito.

Lei sentiva l'amarezza salirle sempre più dentro, come una mareggiata che monta lentamente.

Il viaggio di ritorno fu silenzioso. Avevano venduto in tutto una cintura e cambiato un portafogli comprato il sabato precedente. Tra benzina e panini sicuramente a casa non avrebbero portato alcun guadagno.

Anna guardava fuori dal finestrino. Il paesaggio delle colline calabresi, il verde degli oliveti, i campi bruciati dal sole. Fu quello il giorno in cui imparò cos'era la delusione, e il suo colore: rosso tramonto, tendente al malinconico. Lei come padre non aveva esattamente un eroe. Sarà pure stato un uomo onesto ma aveva poco carattere e soprattutto conosceva i suoi limiti. Ma con la madre che si ritrovava, valeva poco quello che pensava lui di se stesso.

«Eccolo!» esclamò Rossella, riportando Anna alla realtà. E sul monitor vide comparire Antonio Conte, che scendeva le scale per andare ad abbracciare Bartolo. Un abbraccio fra uomini. Uomini che erano entrambi padri ed entrambi allenatori. Un abbraccio in cui non sembrava esserci imbarazzo, come se l'aver condiviso quella storia li avesse già resi, in qualche modo, veri amici.

«Ho avuto il piacere di conoscere Gabriele» disse Conte «e devo dire che hai un figlio meraviglioso. Penso sia per te qualcosa d'incredibile sentire quello che lui prova nei tuoi confronti. Te lo dico da papà di una bellissima bambina: un giorno spero anch'io di ricevere simili attestati di stima e di affetto.»

Man mano che il campione parlava, le lacrime sparivano dal volto di Bartolo, e si faceva strada quel sorriso che da troppo tempo la sua famiglia non vedeva più.

«Quello che Gabriele ti chiede» riprese Conte, i suoi occhi azzurri lucidissimi «è un sorriso. La vita ci prospetta delle situazioni a volte positive, a volte negative, te lo dice uno che, sia da calciatore – per via di terribili infortuni che mi hanno compromesso la carriera – sia da allenatore, non sempre ha vissuto momenti facili. Ho sempre avuto però la forza di rialzarmi, e poi visto che Gabriele vede in te il suo eroe devi sapere che, ogni tanto, gli eroi sorridono. E te lo dice uno che sorride poco.»

Bartolo a quel punto scoppiò a ridere. La tensione che si era accumulata in quei minuti sembrava essere sparita di colpo.

E le risate si moltiplicarono mentre l'uomo riceveva i regali che Conte gli aveva portato: un pallone della Juventus, una maglietta bianconera con il numero otto – il numero che aveva Conte da giocatore – e il nome «Bartolo» stampato sulla schiena, e una tuta da allenamento.

«Mi piacerebbe che la usassi quando andrai ad allenare la tua squadra.»

C'era anche un pass che avrebbe permesso a Bartolo di assistere, qualsiasi volta lo desiderasse, alle partite della sua Juventus, sia in trasferta sia a Torino.

«È un sogno quello che sto vivendo questa sera, un sogno...» mormorò Bartolo, incredulo che stesse davvero accadendo a lui.

E infine prese ancora la parola suo figlio Gabriele: «Papà, se ti ho fatto conoscere l'allenatore della tua squadra... è perché tu sei l'allenatore della mia vita».

La busta scivolò via e il ragazzino corse incontro a suo padre, scoppiando a piangere fra le sue braccia.

«Una scena del genere fra me e mio padre sarebbe fantascienza...» commentò Francesco, uno dei parrucchieri, che qualche minuto prima aveva raggiunto Anna e gli altri dietro il monitor. «A malapena mi saluta quando salgo a casa a trovarlo.»

«Il mio si sta addolcendo man mano che passano gli anni» disse la redattrice che si era occupata di quella storia. «Ma ricordo che quand'ero piccola avevo addirittura paura di lui.»

Rossella si stava ancora asciugando le lacrime. «Non ne parliamo, il mio purtroppo è morto quando avevo quattro anni. E il mio patrigno, be', lasciamo perdere. L'ho sempre odiato.»

«E tu, Anna? Che tipo è tuo padre?» chiese Francesco.

Anna si alzò lentamente in piedi e lo corresse.

«Che tipo era. Be', lui era un povero cristo, come tanti in Calabria del resto, soprattutto a quei tempi. Adesso però fatemi andare, che non ho tempo da perdere.»

E prima ancora che i colleghi potessero protestare, la sarta si dileguò per i corridoi degli studi. Sapeva benissimo cosa le avrebbero detto alle spalle: «È la solita scorbutica», «Una zitella acida», «L'avrà morsa una vipera da piccola». Ma non gliene importava. L'ultima cosa che desiderava, in quel momento, era parlare di suo padre.

Provò a chiedere alla costumista se c'era ancora bisogno di lei e, quando fu certa che poteva andarsene, cercò il suo cappotto sotto quello delle colleghe.

Accanto alla sua cassettiera vide un sacchetto con sopra il suo nome e dentro barattoli di conserve, marmellate, c'era pure una forma di formaggio. Erano gli omaggi che gli ospiti del programma erano soliti portare a Maria De Filippi e che lei volentieri ridistribuiva generosamente al suo staff.

La prima volta che Maria le aveva dato uno di quei sacchetti pieni di ogni ben di Dio, Anna aveva protestato. Aveva detto che non poteva accettare, ma lei era stata così irremovibile che alla fine se li era dovuti portare a casa. Appena giunta al suo pianerottolo, però, aveva suonato alla porta di Rosa e aveva regalato tutto a lei. Avrebbe fatto così anche quella sera. La vicina aveva figlio, nuora e nipoti, almeno quelle cose non sarebbero andate a male, ché sarebbe stato davvero un peccato.

Tirato su il sacchetto, stava per andarsene, quando pensò che sarebbe stato scortese non avvertire Rossella. Le mandò al volo un SMS e uscì senza aspettare nemmeno il messaggio di risposta.

Pochi minuti dopo Anna era alla fermata del bus.

E tu, Anna? Che tipo è tuo padre?

In quell'istante era riaffiorata alla sua memoria non l'immagine del papà dolce e affettuoso di quand'era bambina, e neppure quella dell'uomo senza ambizioni che aveva scoperto al mercato di Squillace.

Aveva rivisto suo padre così come si era ridotto dopo l'ictus, il corpo bloccato per metà, la paura nello sguardo che hanno i cani randagi.

Da quel giorno tutto era cambiato.

Era iniziato come un malore, una sensazione di grande freddo, debolezza. Mamma aveva pensato a un'influenza, la verità avrebbe colpito la sua famiglia due giorni dopo.

C'erano stati momenti in cui Anna aveva creduto che suo padre non ce l'avrebbe fatta. Ricordava i corridoi dell'ospedale di Catanzaro, le camminate nervose, la visita dei parenti, qualcuno che fumava e parlava a bassa voce, l'attesa di notizie.

Poi, finalmente, il verdetto. Suo padre era vivo, per fortuna, ma lo aspettavano mesi di riabilitazione e nessuno poteva dire come, quando e se mai sarebbe tornato l'uomo di prima.

Sì, da quel giorno era cambiato tutto. La licenza di ambulante era stata messa da parte, e non poteva neanche essere rivenduta visto che dovevano ancora dei soldi allo zio. Mamma aveva cominciato anche a fare delle pulizie dalle stesse signore che le davano lavori di sartoria. Usciva di casa all'alba e tornava la sera all'ora di cena, stanca, pallida, appesantita dalla fatica e dalle umiliazioni di cui non parlava con nessuno ma che le si leggevano in faccia. Poi, quando aveva terminato di rigovernare la casa, accendeva una lampada e si metteva china alla macchina a pedali a rammendare, accorciare, ricucire per le clienti che grazie al cielo continuavano a darle lavoro.

Tutto il peso della famiglia era sulle sue spalle. Aveva perso una figlia dieci anni prima e ora anche la parte migliore di suo marito.

Per badare a papà, nonna Elsa aveva deciso di trasferirsi

da loro. In poco tempo era diventata la padrona di casa, con mamma ridotta a una sorta di Cenerentola silenziosa. Ma nonna Elsa era indispensabile, e mamma lo sapeva. Era lei che faceva fare a papà i suoi esercizi di riabilitazione, che lo aiutava a mangiare, che interpretava le sue frasi quando nessuno della famiglia riusciva a comprendere quali parole uscissero dalla sua bocca deformata.

Il volto di papà, un tempo bello, radioso, con i capelli castani che gli scendevano fin sopra gli occhi nocciola, si era trasformato in una maschera dagli occhi allampanati.

Ecco, quella era l'immagine di suo padre che aveva incisa nella mente quando ripensava a lui. Doveva sforzarsi per ricordarlo in forma, quando la domenica gli andava ad alzare le palpebre mentre dormiva perché li aspettavano in chiesa, oppure quando rideva con mamma in cucina, o quando la prendeva in braccio e le dava i suoi baci con la barba che pungeva.

Forse era il suo senso di colpa a parlare. In fondo, lo aveva lasciato solo quando aveva più bisogno di lei. Ma non aveva alternative in quel momento, e forse era troppo giovane per riflettere e pensare alle conseguenze.

Il viaggio fino a casa, quel giorno, fu velocissimo.

Giunta nell'atrio controllò la cassetta della posta. Vuota, nemmeno la pubblicità si ricordava di lei. E l'ascensore era sempre rotto. Fece un sospiro e cominciò a salire i gradini, trascinandosi dietro il sacchetto con gli omaggi degli ospiti.

Una volta sul suo pianerottolo, lo appoggiò contro la porta di Rosa. Delicatamente, per non farsi sentire. Udiva dei rumori provenire dall'interno dell'appartamento, la televisione era accesa ma non aveva voglia di parlare con nessuno adesso. Neanche con Rosa, che di sicuro l'avrebbe sommersa col suo entusiasmo e le avrebbe offerto chissà quale deliziosa pietanza uscita dal forno. Tanto prima o poi, avrebbe aperto la porta, trovato il sacchetto e preso il contenuto.

Anna entrò in casa. Attilio le venne incontro, come raramente faceva.

«Attilio?! A cosa devo questo onore?»

Poi allungò lo sguardo verso la cucina: la sua ciotola era vuota. Anna sorrise e accarezzò la bestiola.

«Il solito approfittatore» disse dolcemente, e andò a mettergli i suoi croccantini.

E mentre il gatto faceva lo spuntino, lei pensò che quella sera non si sarebbe fatta nemmeno il riso in bianco con olio e pecorino. Bastava una tazza di tè con due biscotti al miele, poi si sarebbe ritirata a letto.

Le emozioni nutrono.

E lei quel giorno ne aveva fatto indigestione.

4

Anna si tirò di scatto su dal letto. Era accaldata, sentiva la gola secca e il cuore che le galoppava nel petto. Sotto la schiena il lenzuolo era umido, come quando uno sfebbra di colpo e si ritrova disidratato. Cercò di recuperare il respiro e si guardò attorno per trovare conforto. Per fortuna tutto le era familiare: il comodino, la tappezzeria, la specchiera accanto all'armadio. Era a casa sua, al sicuro, e non dentro quell'incubo che l'aveva svegliata di soprassalto.

Erano solo le quattro del mattino, lo dicevano i numeri rossi della radiosveglia sul cassettone, e sarebbe stata dura riaddormentarsi, già lo sapeva.

Attilio sonnecchiava sull'altro lato del letto, quello sinistro. Così nero era facile confonderlo col buio, ma bastava che aprisse gli occhi per venire attraversati da due abbaglianti gialli.

Anna pensò, come ogni volta che lo guardava, che fosse un gatto meraviglioso e che senza di lui la sua vita sarebbe stata molto più triste.

Era meglio alzarsi dal letto, per lasciar traspirare un poco le lenzuola e ridarsi un tono.

In bagno accese solo la luce dello specchio e si sciacquò il viso con dell'acqua fresca. Tirandosi su rimase a osservare il proprio riflesso: era pallidissima. Eppure la sera prima non aveva mangiato nulla di che: due forchettate di cicoria ripassata e tre noci a fine pasto. Certo, a casa ci era arrivata piuttosto tardi, aveva chiuso il magazzino costumi alle nove di sera e poi sul 74 barrato lei e Rossella erano incappate in un incidente che per portare via le macchine accartocciate era intervenuto persino l'elicottero. Forse era stato quell'episodio a minarle il sonno.

Andò in cucina a prepararsi una tisana calda, sedendosi vicino al calorifero in attesa del sibilo del bollitore. E lentamente le tornavano alla mente frammenti del sogno che l'aveva disturbata al punto tale da rimbalzarla nel mondo dei vivi.

Aveva sognato sua nonna materna, nonna Rosaria.

Di lei non aveva ricordi. Era morta quando aveva solo due anni. Ma aveva visto qualche sua fotografia, e chissà perché le erano rimaste impresse nella memoria.

In una foto la donna sedeva su un muretto. Aveva una gonna a quadretti lunga e un grembiule bianco. Ai suoi piedi un meticcio chiaro, Chicco, che era il cane di sua madre. Tanti dei racconti di mamma erano incentrati proprio su di lui e su tutte le avventure che loro due avevano vissuto insieme a Girifalco e su e giù per le colline della Fossa del Lupo. Del volto di sua nonna, in quella foto, si vedeva poco. C'era un sorriso sfocato e, sopra, due occhi strizzati a proteggersi dal sole.

In un'altra c'era la famiglia di sua madre al completo. Nonna Rosaria, vestita di tutto punto, i capelli chiari raccolti e un sorriso appena accennato. Accanto a lei nonno Peppe, calvo e con un paio di baffoni folti che sembravano due spesse parentesi sotto un naso dritto che faceva da punto esclamativo. La sua espressione era sempre burbera ma sua madre le aveva raccontato che era un uomo dolce, che amava alla follia la moglie e non alzava mai la voce né con lei né con i figli. Poi c'era zio Roberto, fratello di sua mamma, molto più grande di lei, che era partito appena diciottenne per la Germania e che Anna aveva visto un paio di volte, giusto quando rimpatriava per le feste di Natale. Di lui Anna aveva perso completamente le tracce, non sapeva neppure se fosse ancora vivo.

Del sogno di quella notte non ricordava l'inizio e neppure la fine. Ma una scena precisa si era cristallizzata nella mente: c'era nonna Rosaria che l'aspettava nella vecchia cucina della casa in cui Anna era cresciuta. Tornando da scuola lei se l'era ritrovata lì, seduta su una sedia, che leggeva una rivista tenendo in mano una lente d'ingrandimento perché diceva che gli occhiali non le donavano e allora preferiva aiutarsi così. Da quello che Anna sapeva, nonna era diventata quasi cieca, tanto da dover abbandonare il cucito, il suo lavoro ma anche la sua grande passione.

«Nonna, che leggi?» le aveva chiesto.

Lei aveva sollevato la rivista mostrandole la copertina: un settimanale di taglio e cucito.

«Bisogna sempre tenersi aggiornati.»

Sembrava una donna di cento anni. I capelli bianchi, vaporosi. Le palpebre cadenti e gli occhi velati, la pelle trasparente come la carta di riso. Anna le si avvicinava per darle un bacio e subito veniva investita da quell'aroma misto di lavanda e torta paradiso di cui mamma spesso le aveva parlato: tanto dolce da sembrare stucchevole. Era «odore di nonna», e a chiunque le facesse notare che fosse una fragranza piuttosto ingombrante, diceva che era il suo segreto per tenere alla larga i cristiani e la morte.

Nella realtà, la morte non doveva essere così raffinata d'olfatto, visto che se l'era venuta a prendere che lei non aveva nemmeno sessant'anni.

«E tu ti tieni aggiornata?» le aveva chiesto nonna Rosaria.

«Sì, nonna» rispose Anna sedendosi ai suoi piedi e appoggiandole la testa sulle ginocchia.

Nel sogno, Anna era una ragazza adolescente con i capelli raccolti in una lunga treccia e la nonna aveva preso ad accarezzarle la nuca, parlandole con voce dolce. «Sono molto orgogliosa di te, sai? Hai portato avanti l'orgoglio di famiglia. Io ero sarta, così tua madre e ora pure tu. Che addirittura lavori in televisione, con la più brava di tutte. A proposito, Maria sa cucire? Lo sai?»

Nel sogno si mescolavano passato e presente, ricordi e

realtà, ma Anna non faceva fatica a seguire le parole di nonna. Solo che non sapeva rispondere. E allora stava zitta e si gustava le carezze.

Il bollitore fischiò con tutto il suo vapore. E Anna si ridestò, trovandosi in cucina. Che belle però quelle carezze, e anche quei complimenti di nonna. Nessuno più la coccolava così, se le doveva sognare le parole affettuose. Ma anche lì, quando arrivavano, duravano comunque troppo poco, sempre troppo poco.

Versò l'acqua bollente sulla bustina di camomilla già in tazza e ripensò a quel sogno che tutto a un tratto si era fatto incubo.

All'improvviso, infatti, la carezza di nonna si era fatta più ruvida e anche il tono della sua voce era diventato sgradevole.

«Mi hai tanto delusa, però» aveva aggiunto a sorpresa. «E tu *sai* perché.»

Non erano più nella cucina della sua casa d'infanzia ma in un'aula scolastica. C'era una grossa lavagna di ardesia, con sopra degli scarabocchi fatti col gessetto. Qualcuno aveva scritto ANNA. Lei era in piedi lì davanti, provava a cancellare il suo nome ma non c'era verso. E più si impegnava più la classe intera rideva. Puntava il dito verso di lei e si sganasciava. Era lo zimbello di tutti, si sentiva la pietra dello scandalo, come se di colpo fosse nuda di fronte a tanti occhi indiscreti.

Nella sua testa risuonavano solo le parole grevi della nonna: «Mi hai tanto delusa, però. E tu *sai* perché».

Sì, Anna lo sapeva. Lo sapeva eccome. Lo sapeva e si detestava per questo. Non a caso viveva un'esistenza appesa al nulla, senza procurarsi grandi gioie e grasse soddisfazioni. Una quiete dei sensi, uno stare senza disturbare, con mai nulla da celebrare.

E quella notte si era svegliata così, con i compagni di scuola che la prendevano in giro insieme alla voce di nonna che la rimproverava.

Non le rimaneva che portarsi la camomilla a letto, sistemarsi i cuscini per bene dietro la schiena, con Attilio accoccolato ai suoi piedi, e concentrarsi sulla «vita degli altri», anziché sulla sua. Per fortuna c'erano nuove fotocopie di «C'è posta per te» da sfogliare fino a quando il sonno non se la fosse portata via.

Era la prima volta che Anna seguiva la storia lontana dal suo monitor.

«Questa è la storia di un regalo, partiamo da un filmato» esordì Maria De Filippi.

La conduttrice indossava un vestito nero con i bordi bianchi che le donava molto. Era stata un'ottima scelta e in camerino Anna aveva dovuto giusto accorciarlo un dito sopra il ginocchio, per il resto calzava a pennello.

Quel pomeriggio Maria l'aveva vista strana, inutile chiederle cosa avesse perché tanto la sarta non glielo avrebbe mai detto. Allora la conduttrice l'aveva invitata a seguire la registrazione in studio. Anna era arrossita a quella proposta, anche perché era presente un ospite d'onore che lei adorava, e dagli spalti avrebbe vissuto un'emozione assoluta. Così, senza farselo ripetere, si era mimetizzata fra le persone del pubblico, seduta composta accanto a Rossella.

Maria lanciò subito un filmato.

Per prima cosa comparve una scritta: «Il talento maschile più grande in Italia», e poi subito una voce di sottofondo: «Non credo di essere cambiato. Ma credo di aver capito quali sono le cose che voglio e quali quelle che non voglio». Non una voce qualsiasi: quella di Marco Mengoni.

Ecco, il *suo* regalo: Anna aveva una passione smodata per quel giovane cantante.

Terminato il filmato sulle note de *L'essenziale,* Maria finalmente lo annunciò: «Marco Mengoni!». Lui entrò, batté le mani e fece un saltello, come un bimbo eccitato.

«Quant'è alto!» sussurrò Rossella avvicinando le labbra all'orecchio della collega.

In quel momento dal pubblico partì un: «Marco! Marco! Marco!», e Anna tirò un sospiro di sollievo, visto che quel coro la toglieva dall'impaccio di dover trovare un modo per zittire la collega.

Greta, la protagonista del caso, entrò qualche attimo dopo, vestita con un abito corto rosso fuoco sopra leggings neri. Si era portata tutto da casa e non c'era stato bisogno di sistemarle nulla in camerino.

«Greta ha diciotto anni» spiegò Maria. «Quando l'ho conosciuta mi ha detto: "Sono mamma di un bellissimo bambino che si chiama Filippo e che ha undici mesi". Scrive per sua madre.»

Ci fu una breve pausa. Anna lanciò uno sguardo verso la ragazza: era già quasi in lacrime e le si strinse il cuore. In camerino, mentre l'aiutava a vestirsi, Greta le aveva confessato che sperava di riuscire a contenere l'emozione. La sarta aveva cercato di tranquillizzarla, le lacrime d'amore sono sempre belle per chi le versa e soprattutto per chi le riceve.

«Lei rimane incinta a sedici anni» continuò Maria. «Questo bambino è stato voluto sia da lei sia dal ragazzo con cui stava mentre frequentavano la scuola alberghiera. Greta ha un rapporto simbiotico con sua madre Sabrina perché vive con lei da sempre e in casa sono da sole, per cui decise di tenerle nascosta la gravidanza.

«Poi, quando lei è di sei mesi, il suo ragazzo le dice: "Non voglio più stare con te e non voglio neanche riconoscere il bambino". Greta allora ha un tracollo, è preoccupata, non sa cosa fare. Un giorno scoppia a piangere in casa, la mamma le chiede: "Che cos'hai?", e lei le confessa tutto e, sempre fra le lacrime, di aver deciso, una volta nato il bambino, di darlo in adozione. Non per egoismo, ma per il bene del piccolo. Lei racconta a sua madre del ragazzo, e della sua decisione di non riconoscere il bambino: "Nascerà senza padre, e per di più in una famiglia in cui si riesce a campare tirando la cinghia", perché l'unica entrata fissa è di soli trecentoventisei euro al mese, a cui si aggiungono quelli racimolati quando mamma va a fare le pulizie. "E quindi" conclude Greta "non posso permettermi di avere un figlio, perché non potrò offrirgli una vita dignitosa e decente."

«Sua madre la conforta, le dice di scegliere quello che è meglio per sé, lei è la mamma e quindi spetta a lei a decidere per suo figlio. Di nascosto, però, recupera un lettino di legno tutto malandato, fradicio d'acqua, lo rimette a nuovo e lo nasconde in una stanza. Poi sparge voce fra le sue amiche e recupera alcune tutine per il bambino. E il giorno in cui Greta, alla fine, dice: "Mamma, ho deciso di tenerlo, questo bambino, non posso allontanarmi da lui", la madre va a prendere il lettino e lo scatolone coi vestitini, e le fa vedere tutto.»

A quel punto il pubblico esplose in un applauso fragoroso, un applauso per quella donna che non era ancora apparsa in studio ma che consideravano già degna di stima. Una donna che aveva messo al primo posto l'amore per sua figlia e per la vita.

«Greta mi dice: "Guardo mio figlio e mi viene da piangere, perché penso che magari non sarò in grado di renderlo felice, perché l'ho messo al mondo senza un papà e perché non posso comprargli i regali come tutti gli altri bambini. Lui gioca con una scatolina di Tic Tac, che gli ha comprato mia mamma, visto che a lui piacciono tanto i rumori". E prosegue: "Non riesco a vedere mio figlio piangere per colpa della dermatite che ogni tanto gli viene a causa della sua pelle delicata. Quando vado in farmacia per comprare la crema che mi ha indicato il medico, vedo che costa quaranta euro. Una cifra che non posso permettermi. E piango per mia madre perché so che quello che ho fatto le ha reso la vita ancora più difficile, perché tutto ciò che lei adesso guadagna lo spende per Filippo. E per comprare quello che serve a lui ha dovuto vendere tutti gli ori della cresima e del battesimo, compresa una collanina che per lei era molto importante. Non era particolarmente preziosa ma era l'unico ricordo dello zio che l'aveva cresciuta. Alla fine, però, l'ha data al Compro Oro proprio sotto casa. Quando uscivamo e passavamo lì davanti, lei mi diceva: 'Non l'hanno ancora comprata'. Poi le veniva da piangere, io la guardavo, e proseguiva: 'Non preoccuparti, perché lo zio io lo porto nel cuore e non mi importa della collanina'. Il ricavato della vendita è servito per comprarci da mangiare il giorno di Natale".»

Anna si guardò di nuovo intorno. Rossella, alla sua destra, ascoltava con il fiato sospeso, e così anche la sconosciuta che sedeva alla sua sinistra con il kleenex già in mano.

Maria si rivolse a Marco Mengoni: «Tu canti *Il guerriero*, e il bello di quel brano è che ciascuno può individuare chi è per lui il suo guerriero. Ecco, per Greta il guerriero è sua madre, mentre Sabrina la canta al piccolo Filippo, e il guerriero per lei è proprio lui».

Greta sorrise e si asciugò qualche lacrima, e Maria lanciò il filmato della consegna della posta.

Sabrina, che entrò in studio pochi istanti dopo, era una donna minuta, con capelli rossi tagliati corti e degli occhi azzurri che brillavano dietro un paio di occhiali rettangolari.

«Sei agitata?» le chiese Maria quando la donna si sedette al suo posto, davanti alla busta chiusa.

«Molto» ammise lei.

«*Moltissimo*, direi!» esclamò Maria sorridendo. «Che faccio? Dovrei aprire la busta... vuoi che aspetti un po'?»

«No.»

«Apro?»

La donna annuì e la busta si aprì.

Dall'altra parte comparvero due bambini, che portavano il lettino che lei aveva recuperato per il piccolo Filippo.

Sabrina ebbe un sussulto, ma sorrise quando uno dei due bambini disse: «Sei tanto brava tu, e non lo diciamo solo noi, lo dice pure lei», e indicò lo schermo posto sopra la busta, su cui comparve il volto vibrante di Greta.

Sabrina le inviò un bacio con la mano. Chissà, forse sperava che fosse proprio sua figlia a farle una sorpresa.

Anna guardò Marco Mengoni: era nascosto dietro la busta e si sfregava le mani. Non riusciva a vedere bene fin là, ma avrebbe giurato che avesse gli occhi lucidi. Ecco perché le piaceva tanto fin dalla prima volta che lo aveva visto in televisione: quel cantante emozionava e sapeva emozionarsi. E la lettera che Maria avrebbe letto di lì a poco sarebbe stata musica per le sue orecchie. C'erano diversi punti in comune tra lei e quella Greta. Ma nessuno avrebbe mai indovinato quali.

«Ora devi dirmi se può parlare» disse Maria.

Sabrina rise tra le lacrime. «Sì!»

Greta allora prese la parola: «Mamma, se stasera sono qui è per renderti felice, perché tu lo fai con me tutti i giorni, come quando mi hai procurato quel lettino...». Tirò su con il naso, la sua era una voce da ragazzina. Per quanto sembrasse grande, pensò Anna, aveva solo diciotto anni. E c'erano ragazze che a quell'età ancora non sapevano come prepararsi un piatto di pasta. Lei, invece, era già madre.

«Sei la persona migliore che conosca» riprese Greta. «Non smetterò mai di dirtelo. Quel lettino ha un significato importante, perché mi ha fatto capire tutto l'amore che provi per me e per Filippo. E ti volevo ringraziare perché quel lettino simboleggia anche il futuro che io e te stiamo creando insieme.»

Rossella allungò una mano per prendere quella di Anna e questa volta la sarta la lasciò fare.

Lo studio, all'improvviso, si tinse tutto di blu, e nuvole di cartapesta calarono dall'alto, sulle note di una musica soave.

Maria, seduta accanto a Sabrina, cominciò a leggere la lettera che la figlia aveva scritto per lei.

«A guardarla da fuori, la mia vita, secondo me, non la invidia nessuno. E forse, se non fosse la mia vita, non piacerebbe neanche a me. Ma siccome io questa vita la conosco fin da quando sono nata, e sono già diciotto anni, posso giurare che non la cambierei con nulla al mondo. Toglierei solo un po' di sassetti che ogni tanto ci fanno inciampare, ma per il resto io quassù, fra queste nuvole di cartone, con la mia mamma e il mio bambino, ci sto da Dio. Perché, anche se non lo sembra affatto, in realtà sono una ragazza molto fortunata, e lo penso seriamente. Non per le cose materiali che possiedo, perché io di mio non ho niente, ma perché ho al mio fianco, giorno e notte, il bene più prezioso: la mia mamma.

«Sì, tu sei un dono grandissimo: crescere fra le tue braccia è stata una vera benedizione, perché le tue sono braccia forti e avvolgenti. Stringono se hai bisogno di essere stretta, e liberano se hai bisogno di sentirti libera. E tu mi hai stretta tanto a te, mammina. Mi hai ricoperto la pelle di carezze, mi hai dato tutti i baci che tu da bimba non hai ricevuto, mi hai reso una figlia onesta, generosa, sensibile, perché tu sei onesta, generosa, sensibile. E me lo dimostri ogni giorno, non lasciandomi mai sola o senza speranze. Se solo potessi, credimi, io ti restituirei tutto l'amore che non hai ricevuto da piccola, è il minimo per quello che tu hai fatto per me.»

E nella lettera Greta raccontò di quando – lei aveva solo sedici anni e Sabrina quarantuno – le aveva confessato di essere incinta. Una notizia che avrebbe colpito in piena faccia qualsiasi genitore. Figurarsi una madre sola, senza lavoro e con una figlia a carico che andava in terza superiore.

«Mi sentivo in balia di onde molto più grandi di me» continuò a leggere Maria.

Dopo aver ascoltato tutto, sua madre aveva preso un bel respiro e alla fine aveva detto: «Non faccio i salti di gioia, perché sei una ragazzina, ma ti voglio bene e per te ci sarò sempre». Avrebbe potuto farla sentire una figlia ingrata, ricordarle in quali condizioni economiche si trovassero, e invece no: Sabrina le aveva teso la mano e aveva spalancato tutto il suo cuore.

«Il giorno che sono diventata mamma, tu sei diventata nonna: tutte e due giovanissime, tutte e due emozionatissime. Non appena è sbocciata la primavera, è fiorita la nostra nuova famiglia: il 21 marzo, alle 21.33, è nato Filippo. In sala parto ti hanno dato il braccialetto che di solito si dà al padre, e non mi hai lasciata sola un istante. Quando avevo le contrazioni mi dicevi che ero bravissima e mi incoraggiavi, perché io non avevo fatto il corso preparto e non sapevo che fare.

«La prima cosa che mi hai detto non appena è nato il nostro frugolino è stata: "Amore, hai fatto un piccolo capolavoro". Poi ti sei messa a piangere abbracciandomi forte. Ecco, mamma, ora ripensare a tutto questo fa piangere anche me. Tu dalla vita hai avuto poco, pochissimo amore, ed è straordinario che ne abbia così tanto da donare. Hai perso entrambi i genitori quando avevi solo nove anni, e fino ai diciotto la tua casa è stata un collegio. Di quel periodo parli poco, d'altronde che si può dire quando ti ritrovi piccola, senza genitori, senza fratelli, in un istituto che non poteva darti neanche lontanamente il calore di una casa? C'è solo da volerti ancora più bene, mamma. Sei stata una bambina poverina per davvero, e ogni volta che ci penso sento che mi lacrima il cuore, come mi lacrima il cuore ogni volta che passo davanti al negozio Compra Oro sotto casa dove nella vetrina, in bella mostra, c'è una collanina che ti appartiene e che ti aveva regalato lo zio che tanto adoravi. O, dovrei dire, che ti apparteneva. Era la cosa più preziosa che ti fosse rimasta, perché il resto lo avevi già dato via tutto.»

A quel punto Maria si fermò di leggere. Nessuno riusciva a capire perché, di solito non interrompeva mai la lettura. Quella volta invece la conduttrice posò la cartellina con la lettera, mostrò il pugno della mano sinistra chiuso e invitò Sabrina a soffiarci sopra. Quando il pugno si aprì, la donna vide quella collanina che tanto significava per lei. La redazione era riuscita a trovarla in tempo ancora esposta nella vetrina del Compra Oro.

A Sabrina mancò il respiro e non riuscì a dire nulla.

«Vuoi che la mettiamo subito?» propose Maria.

Fra le lacrime, annuì.

Il ricordo di suo zio era ancora con lei, nessuno glielo avrebbe portato via. Glielo si leggeva nello sguardo, in quel sorriso radioso che di colpo le aveva illuminato il volto. Pieno di gratitudine per sua figlia, per Maria, per l'esistenza che una volta tanto le stava facendo vivere un piccolo sogno.

«Ora che la collana è tornata ad accarezzarti il cuore» proseguì Maria riprendendo in mano la lettera di Greta «io sono davvero felice. Finalmente ti ho regalato un sorriso e mi sembra un miracolo riuscire a fare qualcosa di speciale per te.

«All'asilo mi venivi a prendere tutti i pomeriggi dopo il

lavoro e mi compravi i taralli, che mi piacevano tanto, e la bottiglietta di tè. Io anche ti dimostravo il mio amore scrivendoti un sacco di letterine. Una volta, alle elementari, ne ho scritta una sul fazzoletto, e la maestra si è arrabbiata perché ero distratta. Avevo fatto un cuoricino con su scritto: "Ti voglio bene, mamma". Quando la maestra mi ha rimproverata davanti a te, tu mi hai perdonata subito: evidentemente la mia maestra non era una mamma dolce come te, e io oggi, se potessi tornare indietro, rifarei esattamente la stessa cosa. Ma questa volta scriverei: "Ti voglio bene, mamma, ma oggi ancora di più".

«Se te ne voglio di più oggi è perché tu un anno fa sei stata speciale con me. Anzi, molto di più. Sei stata miracolosa, e tu lo sai. Non mi hai mai delusa, mentre io so di avere deluso te.»

D'improvviso tutto si fece buio. Delle note al pianoforte, tristi, lente, riempirono lo studio.

«Che succede?» bisbigliò Rossella.

Ma quando si voltò verso Anna, lei era immobile, lo sguardo perso nel vuoto.

«Ehi, ti senti bene?»

Anna riprese coscienza di sé e scosse la testa. «Shh!» le disse portandosi il dito alle labbra.

No, non stava bene affatto. Le ultime parole di Maria avevano riaperto il ricordo di quel brutto sogno fatto la notte prima. E le parole di accusa di sua nonna, che le ripeteva di averla delusa, tanto delusa, le riecheggiavano nella mente.

Un lampo illuminò per un secondo lo studio. Era come se una tempesta avesse preso vita all'interno di quelle pareti, ora tinte da una luce violacea e drammatica.

Maria riprese a leggere.

«Mamma, a volte ho fatto dei pensieri di cui mi vergogno, anche se mi rendo conto che non sono pensieri facili da digerire, ma se li ho fatti significa che avevo bisogno di capire fino in fondo quello che mi stava capitando. Dopo averti confidato che ero in attesa di un bambino, sei stata vicino a me e hai aspettato la mia decisione.»

Tenere il bambino o darlo in adozione? Era quella la domanda che aveva tormentato Greta. Che futuro poteva garantire, del resto, a un figlio? Lei e sua madre vivevano in una piccolissima casa popolare e non pagavano l'affitto da anni. Erano state minacciate di sfratto più volte.

«Io lo so che non ci dormivi la notte, mamma, ma dovevamo guardare in faccia la realtà. Non avevamo un'entrata fissa e neanche un uomo che ci sostenesse. Ecco perché l'adozione mi era sembrata l'unica possibilità che potessi offrire al figlio che mi stava crescendo dentro. Un sacrificio enorme, una rinuncia assurda, ma che gli avrebbe garantito di mettere l'apparecchio ai denti, di fare le vacanze estive al mare, di avere le scarpette adatte a camminare e quelle per correre. Sono stati giorni brutti davvero, ero divorata dal dubbio.

«Avere un figlio è una responsabilità. Per sempre. Dal primo vagito del bebè fino all'ultimo respiro di un genitore. Darlo in adozione o tenerlo con noi era il bivio davanti al quale mi trovavo a pochi giorni dal parto. Sapevo solo che, qualunque fosse stata la mia scelta, avresti svoltato nella stessa direzione anche tu. Non mi avresti lasciata sola, non mi avresti mai rimproverata. E mentre entravo in sala parto con te al mio fianco, in quel preciso istante, io ho deciso: non sarei stata solo una pancia. Sarei stata la mamma di Filippo, e l'avrei tenuto con me, con noi. E tu saresti diventata sua nonna, l'avresti amato, se possibile ancora più di quanto avessi amato me.»

Anna per un momento smise di ascoltare e guardare quello che stava accadendo in studio. Il cuore stava cominciando a batterle sempre più forte, e avvertiva come un senso di oppressione salirle alla gola.

Il cuore...

Subito pensò alla nonna materna, morta per quel malore al cuore... Che fosse ereditario?

Da qualche tempo aveva cominciato ad avere qualche acciacco. Spesso non digeriva bene, oppure si ritrovava col fiatone per un minimo sforzo. Era l'età, si era detta, e andava avanti così, rispondendo con un: «Ma va'!», ogni volta che Rosa le consigliava di fare un salto dal medico.

Quel senso di malessere, però, che la stava invadendo con una certa prepotenza cominciava a preoccuparla.

Fece qualche respiro profondo e si impose di rilassarsi.

A distrarla da quel peso sul petto ci fu l'annuncio tanto atteso di Maria: «È in arrivo una bella sorpresa per te, mamma. Una sorpresa che ha occhi magnetici e un cuore da poeta».

Partirono le note de *Il guerriero* e Marco Mengoni scese dalle scale per correre ad abbracciare Sabrina, che non credeva ai suoi occhi.

«È la prima volta che mi trovo davanti a una vera guerriera» esordì lui con la voce incrinata dall'emozione. Il suo idolo aveva in serbo ancora molte sorprese, molti regali, non per ultimo la canzone *Esseri umani*, che le dedicò.

«Questa è la mia preferita...» disse Rossella battendo le mani non appena riconobbe l'attacco.

«Bella, sì...» aggiunse Anna.

Rossella la fissò negli occhi. «Anna... ma sei sicura di sentirti bene? C'hai una faccia così strana.»

«È che ho avuto un piccolo giramento di testa.» Neanche lei sapeva bene cosa le fosse successo. «E ho sentito i battiti accelerati, ma è stato solo un momento. Ora sto meglio!» sorrise. «Sarà l'emozione di vedere Mengoni dal vivo.»

«Eh, ti capisco. Magari poi riusciamo a fare una foto insieme, così la posto su Facebook...»

«Oh, madonna mia, Ros?!»

«Che?»

«Facebook? Alla tua età? Cos'è, è stato Branko a dirti di cercarla lì la tua felicità?»

E le due donne scoppiarono a ridere.

Com'è strana la vita. Un attimo prima Anna si sentiva soffocare. Un attimo dopo stava ridendo con quella bionda svalvolata di Ros. La cosa buffa è che nemmeno si ricordava che suono facesse la sua risata. Doveva ammettere che rideva bene, cioè emetteva proprio un bel suono, quasi un cinguettio. E se ne compiacque quasi fosse un talento.

Sull'autobus che lentamente usciva da Roma lungo l'infinita via Tiburtina, Anna e Rossella parlarono ancora dell'incontro con Marco Mengoni. Maria era stata davvero carina: al termine della registrazione aveva chiesto al cantante di fare una foto ricordo con la sua sarta preferita e la collega truccatrice. Meglio di così quel giorno non sarebbe potuto andare. Se non fosse stato per quel malessere che non la lasciava in pace nemmeno adesso.

Quando Rossella scese alla sua fermata, Anna non prese in mano alcun foglio stampato come suo solito. Nemmeno di leggere le andava. Continuava a sentire quel peso sul petto. Un affanno strano. Una volta nell'atrio del suo palazzo, non controllò neppure se ci fosse posta per lei, e per fortuna il cartello «Ascensore in manutenzione» era stato tolto. Ci mancavano pure i quattro piani a piedi, in quello stato.

Stava varcando le porte dell'ascensore quando si sentì chiamare alle spalle. Si voltò. Era Rosa, che entrava dal portone con due borse della spesa stracolme.

«Guarda che l'ascensore è ancora rotto! I miei nipoti per scherzo hanno tolto il cartello, non va ancora» disse la donna, come se la cosa non la infastidisse particolarmente. «Vorrà dire che a fine settimana avremo un sedere come quello delle brasiliane!»

Fu lei la prima a intraprendere la scalata fino al quarto piano.

«Annina, Annina... che impresa!» se la rideva Rosa, trascinando le buste come fossero piene di piume. «Annina», dal canto suo, nutriva invece pensieri terribili per quei nipoti burloni, che se li avesse avuti fra le mani li avrebbe spennati come polli. Sentiva che arrancava già alla seconda rampa, meglio concentrarsi sul cuore che pesava come tutto un supermercato messo insieme.

Al terzo piano avrebbe voluto dire: «Scusami, Rosa, chiama un'ambulanza che è meglio». E invece proseguì ingoiando il malessere che le saliva sempre più su, mentre Rosa parlava dei problemi di suo nipote, che adesso, dopo la terza media, non sapeva quale scuola scegliere.

«Suo padre vorrebbe che andasse al liceo, così poi da proseguire gli studi all'università...» raccontava con un po' di fiatone. «Figurati che sua madre sperava nel classico. Ma non è che Riccardo sia una cima... tant'è che vorrebbe andare a fare ragioneria... Sono giorni che non fanno altro che discutere in casa loro, e pure quando vengono da me... Insomma, sono piuttosto preoccupata, te lo devo dire.»

«Le preoccupazioni della vita sono altre» disse Anna, e la sua frase fu come una stilettata. L'aveva pronunciata mentre saliva un nuovo gradino e nello sforzo il volume della sua voce aveva subito un'impennata.

Se ne pentì immediatamente. Rosa si era fermata un momento, poi lievemente piccata – non era donna che cedesse spesso alla rabbia – ribatté: «Il futuro di mio nipote è una cosa importante, anzi importantissima». E calò il silenzio.

Quando finalmente giunsero al pianerottolo del quarto piano, Anna era stravolta. Forse aveva anche qualche linea di febbre: quel giorno avrebbe fatto meglio a rimanere a casa. Ma piuttosto che non fare il suo dovere, s'imbottiva di aspirina, si metteva il cappotto, saliva sul suo autobus e si presentava puntuale agli studi.

«Benone, ce l'abbiamo fatta» disse Rosa, voltandosi verso di lei prima di infilare le chiavi nella toppa. Aveva un'espressione ancora un po' offesa, poi di colpo si fece preoccupata. «Fatti vedere, sei pallida... ma sei sicura di stare bene?»

Anna trasse un respiro. «In effetti è tutto il giorno che non mi sento a posto: ho avuto un po' di tachicardia.»

«Ti sei misurata la pressione?»

«Ma no, figurati. Sarà solo un po' di stress...»

«Sì, ma lo stress fa male al cuore. Dài, entra un secondo che a casa ho l'apparecchio: ci mettiamo un secondo.»

«No, no, davvero. Non voglio disturbare. E poi non è niente.»

Rosa lasciò a terra i sacchetti della spesa e le afferrò il braccio. «Stavolta insisto.»

Due minuti dopo Anna era seduta al grande tavolo da

pranzo del salotto di Rosa, col gomito appoggiato sul piano, e ascoltava il ronzio dell'aggeggio che si gonfiava attorno al suo braccio.

«Ehi, quanto stringe!» esclamò.

«Shh!» le fece Rosa, con l'occhio fisso sul display mentre dei *bip* misuravano il battito cardiaco. Alla fine la vicina sollevò le sopracciglia e le disse: «Settantotto, centoquarantasei... altina, eh. Direi che un salto dal medico non ti farebbe male. E, mi raccomando, niente caffè stasera prima di andare a dormire» continuò alzandosi in piedi e aprendo uno stipetto. «Piuttosto prendi questa.» Le porse una bustina di carta.

«Cos'è?»

«Tisana al biancospino. Abbassa la pressione.»

Anna sbuffò un secondo. Poi guardò Rosa, guardò la sua cucina accogliente, i fiori nel vaso, le tende ricamate e tutte le foto della sua famiglia appese al frigorifero.

«Grazie. E scusami per prima. Lo so che ti sta tanto a cuore tuo nipote. Sono davvero un orco a volte» riuscì soltanto a dire.

Rosa, che stava riponendo la spesa nella credenza, si fermò con un'espressione curiosa. Se Anna le aveva chiesto scusa, voleva dire che non stava bene. Anzi, che stava proprio malino, anzi male, anzi malissimo.

5

«I sintomi che ha avuto non dipendono dalla pressione alta. I pazienti ipertesi di solito non hanno sintomi, se non quando ormai la malattia è a uno stadio avanzato. E non è questo il caso, visto che oggi la sua pressione ha valori appena leggermente sopra la media.»

Anna tirò un sospiro di sollievo. Le parole del dottore – un uomo più o meno della sua età con ancora tutti i capelli in testa e un grosso paio di occhiali con una stanghetta attaccata con lo scotch – la rassicuravano.

«Comunque non sono sintomi da sottovalutare, soprattutto perché sua nonna materna, come mi ha detto, soffriva di angina pectoris. Certo, potrebbe trattarsi solamente di stress, ma le prescriverei ugualmente qualche analisi. Da quanto tempo non fa un esame del sangue e un ecocardiogramma?»

Anna non lo ricordava. Comunque da parecchio. Non aveva molto badato alla salute negli ultimi anni. Le volte in cui si era recata nello studio del suo medico si potevano contare sulle dita di una mano.

«Bene, allora è il momento di farli. E fin da ora le consiglio di seguire una dieta equilibrata, limitando il sale e la caffeina, di fare un po' di moto – basta anche una passeggiata quotidiana di mezzoretta – e soprattutto di tenere a bada le cose che l'agitano. Ha delle preoccupazioni? Lavora?»

«Lavoro, sì.»

«E va tutto bene?»

Ad Anna non piaceva la piega che aveva preso quella visita. Odiava dover parlare di sé. Se aveva una preoccupazione, quella doveva restare sua. Sua e soltanto sua.

«Sì, certo c'è tanto da fare, ma a me piace molto.»

«Anche a casa tutto a posto?»

«Sì, sì, a posto. Attilio mi vuole sempre bene, e poi lui è come me. Non si lamenta mai e soprattutto si fa gli affari suoi!»

L'uomo abbozzò un sorriso, nelle parole della paziente si intuiva una stoccatina nei suoi confronti. «Benissimo allora, imparerò dal suo gatto!» disse consegnandole le ricette.

Anna le mise in borsa e si alzò in piedi. Gli porse la mano e gli disse: «Arrivederci, dottor Melis».

«Arrivederci. L'aspetto con le analisi, dunque. Mi raccomando, non faccia passare troppo tempo.»

Mentre attraversava il cortile – l'ambulatorio si trovava all'interno di un palazzo non distante da casa sua – Anna maledisse Rosa per averla convinta a farsi visitare. E maledisse se stessa per aver detto al dottore che sua nonna era morta per un problema al cuore.

Era solo un po' stanca. Aveva dormito male e probabilmente aveva avuto anche qualche linea di febbre: ecco perché quel giorno era così debole. L'angina non c'entrava niente.

Ebbe per un istante il desiderio di prendere le impegnative che le aveva consegnato il dottor Melis e gettarle nel primo cestino lungo la strada. Così si sarebbe tolta ogni pensiero. E poi non sapeva neppure come si faceva per prenotare una visita: doveva andare all'ospedale? O le bastava telefonare? Troppo complicato. E poi chi aveva il tempo?

Si portò il polso davanti agli occhi e, senza smettere di camminare, lanciò un'occhiata all'orologio. Doveva sbrigarsi ad arrivare agli studi. Non ce l'avrebbe fatta a passare da casa e mangiare un boccone con Attilio. Avrebbe preso un tramezzino al volo per strada e poi un bel caffè non appena arrivata al lavoro. Poi pensò che quella mattina aveva già preso due caffè. Fece un sospiro. Il tramezzino sarebbe bastato.

Quel pomeriggio a «C'è posta per te» si registrava un caso particolare. A memoria di Anna era la prima volta che veniva dato spazio a una storia di quel tipo.

Ricordava di aver letto qualcosa a proposito nel materiale sottratto dallo stanzino delle fotocopie, ma mai e poi mai avrebbe pensato che quel caso potesse essere registrato e alla fine anche trasmesso in televisione. Magari pure senza aspettare la mezzanotte, l'ora in cui i bambini sono a nanna da un pezzo.

A scrivere a «C'è posta per te» era stato Antonio, un quarantenne di Livorno. Voleva fare una sorpresa al suo compagno Andrea, con cui era fidanzato da undici anni e col quale conviveva da nove.

Molti, fra redattori, truccatori e parrucchieri erano felici che finalmente si proponesse una storia d'amore tra due persone dello stesso sesso. E tra l'altro con un'ospite d'eccezione, che da sempre si era impegnata pubblicamente nella difesa dei diritti dei gay: Laura Pausini.

Anna non si schierava contro, ma nemmeno si poteva dire a favore. Era interdetta come succede alla maggioranza delle persone che si stranisce davanti a qualcosa che non capisce, non conosce. Aveva tanti colleghi gay ma mai si era soffermata sulla loro vita privata. Se avessero un fidanzato, se convivessero, chi cucinava, chi stirava. Nemmeno aveva provato a immaginarsela. Quel giorno, in studio, si aggirava con un'espressione piuttosto cupa, tanto che Rossella l'aveva subito punzecchiata: «Non dirmi che sei di quelle che...».

Anna aveva sollevato le spalle senza parlare. Poi aveva detto: «Penso solo ai genitori. Non credo saranno così contenti di vedere i loro figli dire al mondo intero di essere...».

«Di essere...?» l'aveva stuzzicata Rossella.

«*Diversi...*» aveva mormorato Anna.

«Be', allora ti sorprenderà sapere che in camerino con Antonio c'è anche sua madre, e che lo accompagnerà proprio in televisione.»

Anna era rimasta di stucco. E ancora di più non aveva

saputo cosa dire quando le era stato annunciato che doveva occuparsi dell'abbigliamento della donna.

Se nonna Elsa fosse stata ancora viva forse avrebbe smesso di guardare la trasmissione, si era detta Anna. Per lei i valori religiosi venivano sempre al primo posto. E quell'amore non era contemplato davanti a Gesù.

Per sua nonna gli omosessuali erano semplicemente «invertiti», «malati», «persone problematiche». Gente che lei avrebbe fatto rinchiudere volentieri nell'ospedale psichiatrico di Girifalco, insieme a tutte le ragazze che si discostavano dall'idea di donna quale servizievole moglie e madre.

Anna non la pensava proprio così. Si era sempre detta: "Ognuno a casa propria può fare quello che vuole".

In pubblico, però, era diverso.

Si infastidiva quando vedeva al telegiornale servizi a proposito delle recriminazioni che i gay facevano in quelle loro sfilate con carrozzoni colorati e abuso di piume di struzzo: addirittura il matrimonio volevano, e poi adottare dei bambini... Come se poi fosse una cosa naturale avere due papà oppure due mamme. No, a tanto Anna non ci arrivava.

A Girifalco ce n'era uno, il «ricchione» lo chiamavano tutti, lei compresa. E adesso, anche se si sforzava, non riusciva a ricordare il suo vero nome.

Era stato suo compagno alle scuole medie, non ci aveva mai parlato più di tanto, ma ricordava che era diverso da tutti gli altri maschi della classe. Non gli piaceva giocare al pallone, stava solo con le bambine e non reagiva mai con i pugni quando qualcuno lo spintonava a terra. Qualche volta Anna lo aveva visto piangere in un angolo ma non era mai andata a consolarlo. E non perché fosse «ricchione», appunto, ma solo perché non lo trovava granché simpatico.

Dopo la scuola media non lo aveva più rivisto. Un giorno nonna Elsa aveva detto che «per fortuna» lo avevano mandato a Cosenza da certi parenti. Lì si era iscritto all'alberghiero perché pare che, da grande, volesse fare il cuoco, visto che tra un campo da calcio e una cucina dove spignattare, lui sempre la seconda sceglieva. Per forza, «era una mammola», insisteva pungente nonna Elsa. E aggiungeva, scuotendo la testa: «Poveri i suoi genitori». Diceva che era stata un'ottima scelta allontanarlo da Girifalco: «Sai, per il buon nome della famiglia». Poi basta. La vita, che si accingeva a diventare difficile come mai avrebbe immaginato, glielo aveva fatto dimenticare. E al suo compagno di classe, al «ricchione», non aveva pensato più, fino a quel pomeriggio, proprio lì, durante la registrazione della trasmissione.

Ascoltando il ripasso che Maria faceva in camerino con la sua redattrice, prima di scendere in studio e introdurre la storia al pubblico, Anna aveva saputo in anteprima che i due innamorati si erano conosciuti a una cena di amici comuni. Antonio era rimasto subito colpito dal fare composto e garbato di Andrea. Dopo qualche giorno, con la scusa di organizzare una cena, aveva ottenuto il suo numero di telefono e senza esitare aveva fatto il primo passo: l'aveva chiamato una domenica pomeriggio per chiedergli se aveva voglia di uscire.

Era stato un lunghissimo primo appuntamento. Avevano cominciato con una passeggiata sulla spiaggia, quindi erano andati a cena da un'amica e alla fine in una discoteca di Viareggio. Una vera e propria maratona per Andrea, che era un tipo tranquillo, al contrario di Antonio, estremamente vivace ed estroverso.

E alla fine di quella splendida giornata, per Antonio era stato naturale chiedergli di rivedersi. Nel concordare quel secondo appuntamento, scherzosamente gli aveva detto: «Non ti presentare senza un regalo, mi raccomando!». E Andrea lo aveva preso in parola: sotto lo sguardo incredulo di Antonio arrivò con un dono bellissimo, una camicia azzurra che ancora conservava.

Neppure a quel secondo appuntamento si erano scambiati una tenerezza. Era come se nessuno dei due volesse dare l'impressione sbagliata, che ciò che stava nascendo fra loro potesse essere soltanto qualcosa di fisico.

Ma si piacevano e si cercavano. Ogni volta che Andrea timidamente raccontava di sé, Antonio scopriva numerose affinità, alcune talmente importanti che sarebbero diventate le radici per quella inaspettata e fortissima storia d'amore: la voglia di costruire una famiglia, il rispetto reciproco, e quindi fedeltà e lealtà, e tutti quei valori che avevano ricevuto dalle rispettive famiglie di origine.

Il primo bacio era arrivato a tre settimane dal primo appuntamento, durante una serata in discoteca. Era il 26 gennaio del 2003, data di inizio della loro felicità.

Da quel giorno, e per tanti giorni, Andrea gli aveva inviato a casa gran mazzi di rose rosse e girasoli, con l'immancabile bigliettino di accompagnamento, sempre romantico e sempre pensato. Era un tipo di poche parole, ma con i gesti colpiva dritto al cuore.

«Andrea è riuscito a farmi passare la paura d'amare e a farmi credere nella nostra storia» aveva raccontato Antonio a Maria, quando si erano conosciuti in ufficio da lei. «Da lì in poi siamo sempre stati insieme, e insieme abbiamo affrontato tutto ciò che la vita ha messo sul nostro cammino.»

Pure Andrea, dietro quell'atteggiamento così educato e tranquillo, nascondeva una grande sofferenza. La madre era morta da alcuni anni, dopo una lunga malattia: un periodo molto duro per lui e per suo padre. Andrea ne parlava come di una donna fantastica, dedita al suo lavoro di infermiera – lo stesso lavoro che faceva lui con la medesima passione – una donna che amava aiutare il prossimo e sempre pronta a sorridere, anche durante il periodo più buio della sua vita, quando il tumore piano piano se la stava portando via.

Qualche anno dopo era morto, all'improvviso, anche il padre. Una mattina Andrea lo aveva trovato sdraiato a letto, davanti al televisore ancora acceso. Aveva cercato di svegliarlo, inutilmente.

Andrea si era quindi ritrovato orfano di entrambi i genitori ma per fortuna la famiglia di Antonio divenne presto la sua. Insomma una storia d'amore con la A maiuscola, dove l'unica singolarità era che i fidanzati avevano entrambi due nomi maschili. Per il resto, pensava Anna, una coppia da invidiare.

La sarta stava per incontrare Sonia, la madre di Antonio. Era curiosa di conoscere una donna che, da quanto le aveva raccontato Rossella, che l'aveva già avuta al trucco, aveva accettato senza alcuna difficoltà l'invito ad accompagnare il figlio a «C'è posta».

Quando Anna aprì la porta del suo camerino, trovò ad accoglierla una donna dal viso quasi da ragazza e un evidente accento toscano. «Sono tanto emozionata, guardi, lei non ne ha idea. Anche perché è come se facessi una sorpresa a mio figlio. Sì. Per me Andrea è proprio come un figlio.»

Anna aveva cominciato come sempre ad armeggiare con gli abiti che l'ospite avrebbe indossato di lì a poco, in silenzio, chinata di fronte a lei.

«Dal primo istante in cui è entrato in casa, mi sono detta: "È il ragazzo che fa per Antonio". Lo vede questo?» chiese Sonia, mostrandole un anellino.

Anna annuì.

«Apparteneva alla mamma di Andrea. Pensi, un giorno lui è venuto da me e mi ha detto: "Tieni, è per te. Era di mia madre, e vorrei che lo tenessi tu".»

Sonia fece un sospiro carico di emozione. «Quel gesto mi ha commosso tanto, perché quell'anellino era un ricordo davvero prezioso per lui. Si figuri che Andrea e Antonio sono convinti che sia stata proprio lei a far incrociare le loro strade, e a proteggerli sempre.

«Sono così contenta che Antonio abbia organizzato questa sorpresa per lui, qui dalla signora Maria e che anche io possa prendervi parte. Ha detto: "Voglio fargli una sorpresa e farlo piangere tanto, ma dalla gioia! Voglio fargli vedere quanto lo amo e dimostrarlo davanti a tutti". Io non sto più nella pelle, sa... Chissà che faccia farà Andrea...»

La donna si lasciò sfuggire una risatina.

«Andrea chi pensa che sia, ad averlo chiamato qui?» chiese Anna.

La incuriosiva sempre immaginare come in una famiglia si riuscisse a nascondere una sorpresa così grande.

«Non saprei... Certo non mio figlio! Antonio sicuramente lo avrà sviato benissimo. È sempre stato bravo con le bugie... Sa quante ne ha dette a me e a mio marito, prima di confidarci il motivo per cui non ci portava mai a casa una bella fidanzata... e noi grulli sempre lì a dirgli: "Oh, Antonio! Quando ti sposi? Quando ci fai un bel nipotino?"... Povero, non sapeva come dircelo... non deve essere stato facile per lui.»

«Be', nemmeno per voi!» sfuggì ad Anna rialzandosi in piedi e subito pentita di aver aperto bocca. «Ecco, qui abbiamo finito, quindi io...»

Sonia le prese le mani. «Dice bene, nemmeno per noi è stato facile. Può immaginarsi. Ma mio figlio e il suo compagno ci hanno insegnato tanto, a me e a mio marito. E oggi, se potessi scegliere, non cambierei Andrea con nessuna fidanzata al mondo. È una persona speciale, vedrà. Anzi, sono due persone speciali. E si vogliono un bene, ma un bene che tante coppie cosiddette "normali" se lo sognano...»

«Sarà di sicuro una sorpresa fantastica quella di stasera» recuperò Anna, sincera.

«Fate un bellissimo lavoro, qui. Siete tutti così gentili. Da casa uno non si immaginerebbe tanta cura nel preparare un programma...»

«Ce lo dicono in molti, sa, quando vengono qui. Lavoriamo tutti con una dedizione assoluta. E quando dico tutti, intendo proprio tutti: dalla conduttrice che cura ogni storia come fosse un figlio, fino all'ultimo dei macchinisti che tira il cavo alla telecamera. Siamo più di centocinquanta fra tecnici e redazione, e, anche se si lavora tantissimo, provi a chiedere: nessuno se ne andrebbe mai. Vede, signora, io stasera non ho vestito un'ospite X di un programma di Canale 5, ma Sonia. E sapere che mi pagano a fine mese per imparare da gente come lei, mi creda, è un privilegio. Se tutti fossimo come lei, mi lasci dire, il mondo sarebbe migliore. A proposito, mi sa che ci tocca scendere...»

Anna sorrise, aprì la porta e fece passare la mamma di Antonio. Era sorpresa lei stessa di quanto avesse parlato, non era sua abitudine. Ma aveva detto la verità. Stare in camerino con quella signora le aveva fatto cambiare atteggiamento riguardo a un argomento per lei ancora tabù. Com'era vero che si teme sempre ciò che non si conosce. Invece ora Anna scendeva in studio con un atteggiamento nuovo, scevra da ogni pregiudizio. Avrebbe seguito la storia di quell'amore gay senza provare imbarazzo e con la stessa curiosità che riservava a tutte le altre storie. Era cresciuta Anna, quel giorno. E aveva fatto bene a dire che si sentiva una privilegiata: la pagavano perché lavorava tanto, ma anche per diventare una persona migliore.

Davanti al monitor dietro le quinte, Anna ripensò a Girifalco, agli uomini seduti ai tavolini fuori dai bar. Ripensò ai loro sguardi, spesso nascosti dietro occhiali scuri, sguardi che non si facevano scappare nulla di ciò che succedeva in paese, sguardi sempre pronti a giudicare chiunque.

Immaginò cosa dovesse aver provato il suo compagno di classe – diamine, non si ricordava più il nome – nel subire quegli sguardi e nel sentirsi chiamare «mammoletta».

Dopo aver conosciuto Sonia, le si strinse il cuore al pensiero che qualcuno avesse potuto insultare suo figlio e al ricordo di come lei stessa prendeva in giro quel ragazzino dandogli del «ricchione», pur di fare comunella con i suoi compagni di scuola.

Prima di entrare in studio e mettersi davanti al suo monitor, era passata a sistemare la giacca di Antonio e lo aveva trovato fremente come il più dolce degli innamorati. Lui e la redazione avevano organizzato una sorpresa pazzesca per fare breccia nel cuore di Andrea.

Una «trappola» d'amore straordinariamente architettata.

Antonio e lo staff, infatti, avevano ricreato in studio il salotto della loro casa di Livorno: un grosso tappeto, un televisore e un tavolino con sopra la teiera preferita di Andrea e le loro tazze.

«Io stasera ti ho portato qui e ti ho preparato una tisana proprio come quando siamo a casa nostra e ce la beviamo guardando la TV, perché volevo che ti rilassassi e fossi tranquillo anche in questo studio. So che sei estremamente riservato, che non sei estroverso come me, ma volevo far qualcosa di grande per te e penso di esserci riuscito» disse Antonio con la voce rotta dalla commozione.

Quando Andrea fece finalmente aprire la busta, Maria cominciò a leggere la lettera.

«Ti ho portato qui non perché abbia qualche segreto che non riesco a confidarti, perché io di segreti con te non ne ho, e tu lo sai. Il motivo per cui stasera siamo qui è perché sono felice, e ho troppa voglia di festeggiare la persona che mi regala una vita speciale da undici anni.

«Sei un compagno meraviglioso, mi hai fatto scoprire cose meravigliose, e la più importante è che l'"amore per sempre" esiste. L'"amore per sempre" non ti fa fare nulla di eccezionale, non ti porta in luoghi esotici, non ti mostra niente di clamoroso. L'"amore per sempre" è quello che mi colora la vita tutti i giorni, in ogni momento, mentre mi lavo i denti la mattina o faccio il pieno di benzina o spingo il carrello della spesa e, tra un etto di cotto e l'additivo che smacchia, trovo il senso di questa nostra, infinita storia d'amore.

«La vita con te non c'entra niente con la vita che avevo senza di te. Prima di conoscerti ero un ragazzo inquieto, mi dimenticavo di mangiare, dormivo poco e la mia famiglia era in pena per me. Poi una sera vengo invitato a una cena di amici comuni, e mi ritrovo seduto a tavola di fronte a te, e la folgorazione mette un punto a tutto il mio tormento. Ho avuto immediatamente voglia di fidarmi dei tuoi occhi e delle tue parole, e, dopo tre mesi di amicizia, abbiamo capito che eravamo inciampati in un sentimento molto più grande. Finalmente, il 26 gennaio del 2003, sono venuto al mondo. Il tuo modo composto e garbato mi ha letteralmente rapito il cuore. Quella data è l'inizio di tutto, perché tu sei tutto per me. Condividiamo il sogno di costruire una famiglia, il rispetto reciproco, il senso di fedeltà: valori importanti che ci hanno insegnato i nostri genitori.

«La tua mamma, poi, dev'essere stata davvero speciale, visto come sei tu. Ti ha lasciato che avevi vent'anni e non immagini quanto avrei voluto esserci a tenerti la mano in quell'interminabile percorso che avete fatto insieme fino a quando lei ha chiuso gli occhi per sempre. Avrei voluto conoscerla e ringraziarla per aver messo al mondo un figlio dal cuore che brilla come una pepita e che da solo non si è fatto, perché siamo tutti sangue del sangue di qualcuno, e se sono innamorato di te, lo so, mi sarei innamorato anche di lei. Sì, la tua mamma è l'origine di ogni cosa che fai, che dici, che mi piace. E, quando andiamo a trovarla dove sta, io mi commuovo sempre un po' per quel modo delicato che hai di dirle: "Ciao, mamma, sono qui". Ogni volta ti chini e bussi alla sua pietra, dai un bacino alla sua foto, come a chiederle permesso. In quel gesto c'è tutta la sua essenza. A Natale, poi, addobbiamo quel piccolo angolo di cimitero con un presepe, un alberello e delle lucine, perché ci piace pensare che lei possa goderlo anche solo con il suo spirito, che ci accarezza sempre dall'alto.

«La vita che mi regali profuma tanto anche di lei, e questa vita non la cambierei per nulla al mondo. L'"amore per sempre" esiste, esiste eccome, ed è fatto solo di te e di me.»

Anna si lasciò sfuggire un sorriso. Quella sì che era una dichiarazione d'amore. Forse non ne aveva lette mai di così intense in tutti i libri che si era divorata. Accidenti come scriveva 'sto ragazzo. Ma che bello, quanta poesia, e che amore!

«Il primo giorno di convivenza» continuò a leggere Maria «è stato bellissimo. La mattina ho preparato le mie cose a casa dei miei a Livorno: libri, foto di famiglia, vestiti... Ho inscatolato tutta la mia vita fino a quel momento. Quando sei venuto a prendermi ho salutato i miei facendo finta di niente, ma dentro avevo un turbinio di emozioni che sono esplose nell'istante in cui hai infilato la chiave nella toppa e hai detto: "Entra, Antonio, questa ora è casa nostra".

«Era l'appartamento in affitto dove avevi vissuto, e avevi deciso di aprirlo proprio a me. Ci siamo abbracciati stretti e mi sono commosso. Non c'è stato bisogno di aggiungere nemmeno una parola: cantavano i nostri occhi e batteva forte il mio cuore. Poi ci siamo dati da fare e abbiamo cominciato a sistemare il mio mondo dentro il tuo. Quando finalmente è arrivata la sera ci siamo seduti a tavola con niente di particolare da mangiare, perché non volevi che fosse una cena speciale, ma la prima di una vita comune. Ci soddisfaceva già tanto la sensazione di unione, e in cuor mio sapevo che stava iniziando un viaggio senza fine.

«Andrea, sono passati dieci meravigliosi anni da quel giorno di settembre del 2005: 3650 giorni di bellezza, i più belli della mia vita. Grazie. Anzi, 3650 volte grazie.

«L'amore è guardare nella stessa direzione. Non importa se io e te lo facciamo con modalità diverse, e se non siamo fatti con lo stampino. Siamo così diversi da essere la dimostrazione che il detto "Gli opposti si attraggono e si completano" è attendibile. E se provo a fare il gioco di come sarà fra vent'anni, io ci immagino proprio così come siamo adesso: tu sempre poco propenso alle smancerie e amante dell'ordine, e io che terrò banco in mezzo a mille estranei e dilagante nel mio disordine. Tu che mi proteggerai come un fiore raro e per questo ogni tanto ti mostrerai geloso. Io che continuerò a fidarmi ciecamente di te e non avrò mai dubbi. Tu che ti sveglierai sempre un po' burbero e senza la voglia di spiccicare una parola. Io che comincerò di prima mattina a torturarti chiedendoti un abbraccio o un sorriso. Siamo il giorno e la notte, io e te, e questa è una buona notizia perché insieme siamo proprio un universo di comportamenti e di reazioni, che fanno di questa nostra vita insieme una giostra di emozioni dalla quale non voglio più scendere. Visto che l'amore è guardare nella stessa direzione, aggiungo che io e te non abbiamo nemmeno bisogno di un binocolo perché quello che vogliamo raggiungere ce l'abbiamo già: onorarci e amarci tutti i giorni della nostra vita.»

In quel momento venne portato in studio da un bambino un disegno. Lo aveva fatto Andrea tempo prima su un semplice foglio a quadretti: c'erano una casa, degli alberi, un viottolo e, davanti alla casa, due figurine che si tenevano per mano. Sopra di esse, spiccavano un cuore e due parole: «Felicità» e «Amore».

Maria riprese a leggere.

«I nostri sogni sono tutti racchiusi in questo disegno che hai fatto tu. E mi commuovo ogni volta che lo guardo perché sembra fatto da un bambino, perché è un sogno puro, puro come te. Me lo hai donato senza aggiungere parole: tu parli più volentieri con gli occhi e col sorriso, che rendono tutto leggero e possibile. Insieme abbiamo deciso di metterlo in salotto, dietro la foto della tua mamma, sperando che benedica questo nostro sogno e ci aiuti a farlo diventare realtà. Sogni per noi una casetta tutta nostra, magari con un bel giardino, il cane Camillo, con il sole che splende in alto e la fortuna che ci piove dal cielo.

«Io non lo so se mai riusciremo a realizzare tutto questo ma voglio dirti che anche su una panchina, sotto un ponte, se ci sei tu io mi sento comunque un re. Andrea, tu sei la mia casa, senza tetto mi terresti caldo, senza finestre mi daresti luce. Sei la mia nuova famiglia, e io, anzi noi, siamo la tua. E quando dico "noi" mi riferisco a una persona speciale che conta nella mia vita quanto nella tua. Qualcuno che ti vuole bene come a un figlio, e sa che solo accanto a te io mi sento bene.»

Anna si emozionò quando vide entrare in studio Sonia, proprio come Andrea. La «suocera» era bellissima, radiosa, Francesco aveva fatto un ottimo lavoro coi suoi capelli e Rossella anche con il trucco. La donna aprì le braccia in segno di totale accoglienza: «Senti, Andrea, io ti volevo dire che per me tu sei come un figlio. Quando tu sei arrivato in casa nostra, non appena ti ho visto mi sei piaciuto subito, per come sei, per i tuoi modi gentili, il tuo altruismo. Sì, mi sono detta: questo è il ragazzo che fa per mio figlio».

Sonia poi raccontò dell'anellino che le era stato regalato, ma anche di quando Andrea aveva assistito la sorella di suo figlio in sala parto ed era stato il primo a vedere la nipotina appena nata.

«Io non sono la tu' mamma, ma è come se lo fossi. Ti voglio un mondo di bene e sempre te ne vorrò» concluse.

Anna si lasciò andare a un applauso, come tutto il pubblico del resto. Subito sbirciò la gente sugli spalti da una feritoia tra una parete e l'altra della scenografia e vide che tutte le donne annuivano emozionate. Le stesse che aveva notato accogliere piuttosto freddamente quella storia, quando all'inizio della registrazione Maria l'aveva presentata parlandone come di una lettera d'amore normale. Mentre il mandante e il destinatario erano due uomini. Ed era palese che la cosa destò subito un certo clamore.

Quando Sonia uscì dallo studio, lasciando il figlio e Andrea da soli, giunse il momento dell'ultima, grandiosa, sorpresa.

Maria l'annunciò leggendo le ultime semplici parole della lettera di Antonio: «È arrivata per te una persona che conosce l'amore e lo canta meglio di chiunque altro».

Andrea forse aveva compreso di chi si trattasse, ma quando la vide comparire in cima alla scala, fece lo stesso un'espressione incredula.

Era proprio Laura Pausini quella che, dopo aver stretto la mano di alcune persone del pubblico, stava correndo incontro a lui.

Era proprio Laura Pausini che affermò davanti alle telecamere: «Sono davvero molto felice di essere la testimone di questa storia, di questo amore vero, pulito, buono, sincero. È questo che mi emoziona. Io canto sempre l'amore perché credo sia la motivazione per la quale tutti noi viviamo».

Era proprio Laura Pausini quella che cantò per lui e per Antonio – dopo che finalmente la busta slittò via e loro si ritrovarono in un lungo abbraccio – il suo brano *Dove resto solo io*.

«Bella... bellissima storia...» commentò Rossella, avvicinandosi ad Anna, insieme a Francesco.

«E tu quando sei arrivata?» chiese la sarta con un'espressione stranita.

«Da mezz'ora, ti ho pure salutata, ma eri così assorta... È raro che una storia ti prenda così tanto.»

«Be', è stata una storia... *particolare.*»

«Esattamente» rispose il parrucchiere. «Speriamo che mio padre, che non si perde una puntata del programma, si dia una calmata e la smetta di darmi del pervertito.»

«Ma perché... pure tu?» mormorò Anna.

Rossella si mise a ridere e Francesco subito la imitò.

«Tesoro» disse la truccatrice «certo che tu hai proprio le fette di prosciutto sugli occhi!»

«È che...» fece imbarazzata Anna.

«Non ti preoccupare, Anna» disse Francesco «mica ce l'abbiamo tutti scritto sulla fronte quello che siamo. E io non te l'avevo mai detto. Dài, ora lo sai anche tu!»

Anna sorrise. E non per le parole di Francesco.

In quel momento nella sua mente si era accesa una lampadina bella luminosa, e aveva ricordato il nome del suo compagno di scuola.

Sergio. Si chiamava Sergio, non il «ricchione».

Da quel giorno, giurò a se stessa, non lo avrebbe più scordato. E avrebbe chiesto anche a Rossella di aiutarla a cercarlo col computer, lei che aveva Facebook e tutte quelle diavolerie. Le era venuta terribilmente voglia di sapere che ne fosse stato di lui. Ma soprattutto voleva chiedergli scusa. L'ignoranza è una cosa brutta e fa fare cose brutte. Ma quella storia – e il modo in cui l'aveva trattata Maria – le avevano dato la spinta per rimediare.

Quarant'anni dopo, è vero. Ma non è mai troppo tardi per fare la cosa giusta.

6

Dell'amore, a un certo punto della sua vita, Anna aveva deciso che poteva farne anche a meno, conducendo un'esistenza che, dall'esterno, ne sembrava completamente priva.

Per tanti anni era stato davvero così. Solo recentemente Attilio era entrato, con quei passi garbati e felini, nel suo appartamento, aprendosi al contempo un varco nel suo cuore.

Ma l'amore per le persone, per un uomo – a quello, ormai, ci aveva rinunciato.

Sapeva che tanti colleghi, così come la vicina Rosa, erano convinti che lei quel sentimento non l'avesse nemmeno mai sperimentato. Che Anna fosse solo una zitella inaridita, di quelle che le poche volte in cui accolgono qualcuno in casa lo costringono a camminare sulle pattine perché non sia mai che si sporchi il pavimento, o che storcono il naso quando un bambino fa baccano giocando.

E non poteva dire che non fosse vero. All'ingresso teneva delle pattine per gli ospiti, che di fatto erano intonse perché faceva di tutto per essere una padrona di casa inospitale. E le dava sui nervi se un bambino, per esempio, strillava a bordo dei mezzi pubblici.

Per il resto, però, il mondo si sbagliava.

Lei l'amore lo aveva conosciuto, eccome. Ed era stato un incontro talmente fulminante, talmente sconvolgente, che lei, appena diciassettenne, aveva avuto il coraggio di sfidare la sua famiglia e di cambiare tutto della sua vita.

Era strano a dirsi, ma quando ancora le capitava di ripensare al giorno in cui si era innamorata, era come se una scossa l'attraversasse dalla punta dei capelli fino alla pianta dei piedi, passando per il cervello, lo stomaco, lungo l'intera colonna vertebrale, e poi giù nel ventre e per le gambe.

Un'emozione del genere l'aveva provata, forse, solo un'altra volta nella vita.

Ed entrambe le volte, poi, era seguito un dolore insostenibile.

La scuola di segretaria d'azienda non faceva per lei. Le lezioni l'annoiavano a morte, e anche doversi alzare all'alba tutte le mattine per prendere la corriera diretta a Catanzaro le pesava non poco. C'erano giorni in cui, giunta a destinazione, invece di entrare a scuola preferiva sedersi sul sagrato della basilica dell'Immacolata, dove tirava fuori dalla cartella un libro in prestito alla biblioteca e si immergeva nelle pagine finché non era ora di prendere la corriera del ritorno.

L'amore per la lettura era nato così.

Poi, pur di non dare un dispiacere a sua madre, tornata a casa si metteva a studiare, e alla fine racimolava la sufficienza in tutte le materie.

Ma un giorno era stata proprio lei, con quel suo tono dolcissimo della voce, a dirle: «Tesoro, non so come dirtelo, ma non sono sicura che il prossimo anno riusciremo di nuovo a iscriverti a scuola...».

La situazione in casa era critica, ormai. Il padre, dopo l'ictus, non lavorava più. Si campava con la sua misera pensione di invalidità e con i soldi che mamma recuperava con i lavori di sartoria e le pulizie. A volte nonna interveniva sanando qualche debito grazie alla propria pensione, ma si appuntava tutto su un'agendina. «Un giorno faremo i conti» sembrava dire a ogni voce che segnava.

Proprio per questo la madre di Anna aveva così tanto desiderato che la figlia ricevesse un'istruzione e potesse sperare in un futuro diverso. Magari lontano da Girifalco.

E ora darle quella notizia sembrava costarle tanto. Tantissimo.

Anna, che a quel tempo aveva già cominciato a fare qualche semplice lavoro di sartoria per dare una mano in casa, le disse subito, senza pensarci: «Non ti preoccupare, mamma, farò la sarta. Proprio come te».

E poi l'idea di lasciare la scuola non le dispiaceva affatto. Se proseguiva gli studi era solo perché si sentiva in obbligo visti i sacrifici della madre.

Così, ritiratasi dall'istituto, aveva smesso di svegliarsi ogni mattina all'alba, di prendere la corriera per Catanzaro e nel pomeriggio di studiare, china sui libri al tavolo della cucina. E anche di dire bugie quando saltava la scuola.

E, come sua madre, aveva cominciato a proporsi a Girifalco e nei paesi limitrofi per lavoretti di qualsiasi tipo, non solo di sartoria.

Era stato così che era inciampata nell'amore.

Lui aveva ventotto anni, la pelle scurita dal sole, un grande ciuffo di capelli neri e la sigaretta sempre all'angolo della bocca.

Raffaele. Quante volte, prima di dormire, si ripeteva dentro quel nome: "Raffaele, Raffaele, Raffaele..." fino a sentire le farfalle volarle nella pancia.

Era meccanico nell'officina di quartiere. Anna aveva cominciato a fare le pulizie in una casa nelle vicinanze. E un giorno, uscendo dal portone, lo aveva visto: se ne stava all'ingresso dell'officina, appoggiato al muro, a fumare la sua sigaretta, la tuta blu sporca di grasso e il sole che gli accendeva gli occhi verdi.

Si erano guardati. Lui aveva sorriso. Anna aveva abbassato gli occhi.

Sapeva chi era, quel ragazzo. A lui e a tutta la sua famiglia lei non doveva nemmeno rivolgere un saluto, guai! I loro nonni, in gioventù, avevano litigato per una questione a lei oscura, e anche se da quel momento ne era passata di acqua sotto i ponti e il nonno materno di Anna era addirittura morto, l'offesa restava e non si dimenticava. Si sapeva il peccatore, ma non il peccato. In Calabria funzionava così: bastava uno screzio, una parola di troppo, e si innalzavano barricate di orgoglio, e se nel frattempo si era dimenticato il motivo di quel litigio, comunque le due persone non si parlavano più. E non solo loro, anche le famiglie si univano in una guerra acerrima di silenzio e maldicenze.

Quel giorno Anna era corsa difilato a casa. Aveva dei pantaloni cui fare l'orlo e, mentre infilava il filo nell'ago, tagliava la stoffa in eccesso, rifiniva il lavoro, i suoi pensieri correvano continuamente a lui. Era più forte di lei.

Raffaele Romeo. Un nome e un cognome bellissimi.

Le tornavano di continuo in mente quel sorriso da pirata, i suoi occhi verdi quasi fosforescenti. E si sentiva i palmi delle mani sudare e le guance arrossare. Aveva provato a prepararsi una camomilla con due bustine, ma quel maremoto in lei non pareva trovare pace.

Quando nonna Elsa le aveva chiesto con il solito fare acido: «Che hai? Perché ti bevi tutta quella camomilla?», Anna aveva risposto che sentiva un poco freddo e aveva voglia di qualcosa di caldo. E siccome il tè non c'era, allora si era fatta la camomilla.

«E questo cos'è?» aveva detto la nonna, mostrandole una bustina di tè.

Quella donna era davvero tremenda, non le sfuggiva nulla. Le ricordava tanto le streghe delle favole, la temeva e di lei non si fidava. Mai le avrebbe confidato che era agitata per un ragazzo. Che il pensiero di lui, del suo sguardo un po' beffardo, del suo collo nervoso, le stava bloccando il respiro in gola, da giorni. Già questo sarebbe stato materia di scandalo. Le cose nel mondo cominciavano a girare in un modo diverso in quegli anni, ma non lì, a Girifalco: le conoscenze fra ragazzi e ragazze dovevano passare, necessariamente, dall'approvazione dei rispettivi genitori. Ancora esistevano i matrimoni combinati. E certo non fra famiglie che si erano giurate vendetta, come del resto la loro.

Chissà allora cosa avrebbe detto la nonna se avesse scoperto che quel ragazzo era il nipote di un uomo da cui la loro famiglia aveva subito un'offesa?

Anna non doveva rivederlo mai più. Avrebbe cambiato strada, avrebbe evitato il suo sguardo, avrebbe smesso di desiderare la sua attenzione e sognare un suo sorriso. Ma la sera, quando si mise a letto dopo aver dato il bacio della buonanotte a suo padre – a ciò che rimaneva di quell'uomo dolce e giocoso che era stato – si ritrovò a immaginarsi fra le braccia di Raffaele, a parlare della vita, a sognare un futuro, a fare passeggiate romantiche... a scambiarsi perfino dei baci. Le sue promesse valevano poco, non aveva volontà sufficiente per negarsi al primo amore.

Si stava innamorando, firmando così la propria condanna.

Il giorno dopo, quando Raffaele le sorrise di nuovo, Anna arrossì. E tardò ad abbassare lo sguardo. E così via, di giorno in giorno, finché tutti i buoni propositi vennero meno e si scoprì sedotta come mai le era capitato prima. Un mercoledì di marzo, subito dopo pranzo, le campane suonarono due volte il tocco e lei, passando senza troppa fretta, finalmente riuscì a reggere lo sguardo del suo bel meccanico e, incredibile, a rispondere al suo sorriso.

Non ci volle molto perché Raffaele la seguisse, mollando al volo l'officina ai parenti con una scusa qualunque, e la fermasse in una strada laterale, al riparo da sguardi indiscreti. Anche se poi, in un paese come il loro, davvero al riparo non lo si era mai.

«Ciao, tu» le aveva detto, quasi sospirando.

Il sorriso di Raffaele le bruciava il cuore.

Anna rimase immobile, anche quando il ragazzo allungò la propria mano verso di lei e le accarezzò la guancia.

«Sei bella, sai?»

A quel punto Anna non resistette più. Si sentiva la pelle scottare, la testa vorticare, era troppo per lei. Girò sui tacchi e corse verso casa.

"Stupida, stupida, stupida..." continuava a ripetersi lungo il tragitto. E se lo ripeté l'intera serata, mentre preparava la cena per la famiglia. "Stupida, stupida, stupida...", ancora mentre cercava di prendere sonno.

Dovette aspettare tre giorni prima di rivederlo. Il giovedì e poi fino alla domenica, infatti, non andava a fare le pulizie nella casa accanto all'officina di Raffaele.

La domenica decise di accompagnare la madre al cimitero e pregò insieme a lei sulla tomba della nonna e su quella di sua sorella Miriam.

Per un momento pensò di aprirsi con la madre, di approfittare di quel luogo di preghiera, e di supplicarla di perdonarla per quell'amore sbagliato. Le sembrava di impazzire, era come un'ossessione: pensava a Raffaele sempre, risentiva sulla pelle quella carezza, il timbro della sua voce scura, e l'ombra che le faceva con quelle grandi spalle quando l'aveva placcata contro il civico 3 di vicolo dei Lavandai.

Ma non ci riuscì. Sua madre aveva già la schiena piegata da troppi pesi. Doveva pensare al mantenimento della famiglia, e tutto questo sotto l'occhio vigile e insensibile di nonna Elsa. Lavorava notte e giorno, e si sentiva anche amareggiata poiché la speranza che sua figlia avesse un futuro diverso grazie all'istruzione era tramontata.

No, non poteva deluderla.

Se Miriam fosse stata ancora viva, si sarebbe potuta confidare con lei. La sua gemella sarebbe stata la sua spalla, l'avrebbe confortata e lei non si sarebbe sentita così sola.

Così, dopo aver dato un bacio alla lapide della sorella, prese sua madre per mano e la condusse fuori dal cimitero. Nel tragitto non le staccò gli occhi di dosso. Di colpo la vide invecchiata: la stanchezza le stava scavando rughe profonde sul viso, un viso ancora bellissimo – perfino incantevole – ma sul quale sembrava essersi spenta la luce.

La preoccupazione, però, lasciò subito spazio al pensiero di Raffaele. Il giorno dopo lo avrebbe rivisto. E forse avrebbero parlato di nuovo. Magari lui le avrebbe accarezzato l'altra guancia. E lei si sarebbe innamorata il doppio.

Seppure l'idea l'agitasse, era rassicurante sapere che qualcosa sarebbe successo. Ma mai si sarebbe immaginata che quel lunedì, dopo aver strofinato lo spazzolone su metri e metri di pavimenti, lavato i vetri di dieci finestre, pulito a fondo due bagni, Anna avrebbe dato il suo primo, indimenticabile, bacio.

Raffaele questa volta l'aveva preceduta. Lui, che il destino aveva voluto si chiamasse Romeo di cognome, e proprio come il Romeo della famosa tragedia sfidava il volere della sua famiglia, si era appostato in attesa della sua Giulietta nel solito vicolo dei Lavandai, sotto il davanzale di una casa disabitata, e la carezza si trasformò in un abbraccio. Poi i loro visi si avvicinarono, i loro respiri si mescolarono e il naso di Anna inciampò in quello di Raffaele.

Finalmente le loro labbra si unirono.

Lei sentì tutta la tensione di quegli ultimi giorni disciogliersi come il ghiaccio colpito da una cascata di lava rovente.

Ecco cos'era l'amore. Un cataclisma che, per quanto si possa prevedere, sorprende per la forza e il calore come nessun altro evento al mondo. E ti sconvolge per sempre.

Quando Anna ascoltò le parole di Alessia, che stava seduta sul pouf davanti alla busta di «C'è posta per te», descrivere il primo bacio con suo marito che sedeva al di là della parete bianca, non poté non ripensare a quel momento.

«Il mio naso ha sfiorato il tuo» aveva scritto Alessia nella lettera che stava leggendo Maria «come succede a volte quando ci si bacia sulle guance, solo che per me sfiorare il tuo naso è stato come inciampare sul cuore. Ho sentito il sangue ribollire, una botta forte nello stomaco, ho guardato i tuoi occhi, ho appoggiato il mio sguardo nel tuo e ho capito che eri speciale. Ho capito che volevo inciampare su quel naso e sentire le capriole del cuore ogni minuto della mia vita.»

Sì, era così, pensò Anna. Sull'amore si inciampava. Si poteva cadere a terra e rialzarsi con una piccola ferita al ginocchio o con la testa fracassata. Di fatto si perdeva l'equilibrio e quello che accadeva dopo era per tutti un'incognita.

Per Alessia e Fabio, suo marito, era andata bene. Si erano fidanzati, quindi si erano sposati, e avevano avuto due splendidi figli.

Nei loro occhi, che Anna aveva osservato attentamente poco prima mentre li aiutava a vestirsi – in camerini rigorosamente separati – c'era la serenità di chi ha una vita normale, a tratti faticosa, a tratti dolorosa, ma che poi alla fine ti premia. Perché sei sempre stato capace di restare fedele alle cose davvero importanti, anche nei momenti più bui.

Per introdurre il caso, infatti, Maria De Filippi era partita così: «Adesso dirò una cosa che non fa piacere, però la devo dire». Un inizio insolito, per aprire una storia.

«Insomma» aveva continuato «tutti noi abbiamo chiaro il fatto – potete fare le corna – che prima o poi dobbiamo morire. Tutti noi abbiamo la consapevolezza di non essere eterni, ma tutti noi, nonostante questa consapevolezza, continuiamo a correre. Praticamente corriamo da quando abbiamo la maggiore età: corriamo quando studiamo, poi per cercare un lavoro, poi corriamo a sposarci, poi una volta che ci siamo sposati corriamo in banca, speriamo di ottenere un mutuo per pagare una casa dentro cui dormire, poi corriamo per fare ore, ore, ore di straordinario per riuscire a dare alle persone a noi care ciò di cui hanno bisogno. Corriamo, corriamo, corriamo, e rimandiamo sempre al giorno dopo le cose importanti che potremmo, dovremmo o vorremmo dire. Non perché non le sentiamo ma perché pensiamo sempre: "Vabbè, questo glielo dico domani". E ci dimentichiamo che invece, tutto d'un tratto, le cose possono cambiare, e che quindi potremmo non avere più la possibilità di farlo.

«Questo è il motivo per cui Alessia si è rivolta a noi. Mi ha detto: "Io ormai nella vita non do più nulla per scontato". Lei è sposata con un uomo che si chiama Fabio. Stanno insieme da quasi vent'anni, è innamorata di lui, hanno avuto due figli bellissimi, il suo matrimonio va a gonfie vele, non c'è nessun problema. Quando ci siamo conosciute, lei mi ha detto: "Voglio dire ogni giorno 'grazie' a mio marito, e voglio dire che sono pronta a risposarlo in ogni secondo, in ogni attimo, in ogni minuto di ogni mese, di ogni anno. Non do nulla per scontato perché mio fratello, a trentott'anni, una sera è andato a dormire, stava benissimo, e il giorno dopo non c'era più. E io non sono riuscita a dirgli tutto quello che lui rappresentava per me. Non sono riuscita neanche a dirgli un semplice 'Ti voglio bene' perché rimandavo, perché davo per scontata la sua presenza".»

E ora eccola lì, Alessia, coi suoi lunghi capelli castani e un sorriso sincero, guardare negli occhi suo marito attraverso il monitor della busta e dirgli tutto ciò che aveva dentro il cuore.

«Ciao amore, ti amo, e voglio dirti che ti amerei in qualsiasi posto del mondo, in tutte le lingue, e in ogni modo. Vent'anni fa ci siamo conosciuti, e dopo nove anni ho fatto la scelta più giusta nella mia vita, quella di dirti sì e di sposarti. Il giorno prima del matrimonio mi hai fatto recapitare un mazzo di rose rosse, meraviglioso, con un biglietto: "Sono nove anni che siamo fidanzati, ricominciamo insieme".

«Voglio dirti che io ricomincerei con te ogni giorno della mia vita, e quindi adesso le rose te le regalo io» disse mostrandogli un mazzo di rose rosse, simbolo di un amore passionale come il loro.

Anna, seguendo la registrazione dal solito monitor di servizio dietro le quinte, in compagnia di Rossella, sorrise.

«Mamma che carucci che sono 'sti due... proprio vero che Dio li fa e poi li accoppia» commentò la truccatrice, tirando un sospiro che ne valeva due.

Quante volte, pensò Anna, la collega le aveva confessato che sognava di avere una storia d'amore così, come quella che quei due sposi rivivevano attraverso le più intense fotografie dei loro vent'anni insieme. E invece Rossella aveva alle spalle un matrimonio finito per tradimento, una manciata di relazioni mordi-e-fuggi tanto che, di alcuni, nemmeno si ricordava il nome, e, quando finalmente con quello del 74 barrato sembrava che la fiamma stesse prendendo corpo, ecco che si era palesata una fidanzata con tanto di data di matrimonio fissata.

Insomma, una vera dannazione per Ros non riuscire mai

a mettere il guinzaglio a un uomo, eppure a guardarla non sembrava mai perdersi d'animo. Adesso poi che aveva scoperto la french dall'estetista, gesticolava con quelle divertenti unghie nere con incastonati piccoli Swarovski e si ripassava la bocca ogni quindici minuti con il rossetto color della Ferrari. Branko le aveva detto della felicità, che c'era la possibilità di trovarla quell'anno. Era fine gennaio, aveva undici mesi davanti a sé per fare caccia al tesoro.

Davanti a una fotografia-ritratto della loro famiglia, Maria, intanto, continuò a leggere la lettera che Alessia aveva scritto per il marito.

«Oggi io e te siamo questi, sono passati vent'anni e in mezzo è trascorsa una vita, a volte anche tremenda, ma grazie a te comunque meravigliosa. Noi non siamo tanto diversi da allora, ma c'è una cosa che vent'anni fa io non potevo sapere, e che oggi invece mi è chiarissima, e devo dirtela: io sono molto orgogliosa di te, sono orgogliosa di poter dire che sono la moglie di Fabio, che sono la mamma dei suoi figli, che sono la sua compagna di vita, la persona che più di chiunque altro vuole renderlo felice. Oggi riguardo i mille autoscatti che da vent'anni ci facciamo e so che in quelle foto trovo sempre la prova di ciò che sto per dirti.»

Nuove fotografie, tante, tantissime, furono mostrate in studio a testimonianza degli altrettanti momenti d'amore che Alessia e Fabio avevano vissuto insieme.

«In ognuna di quelle foto vedo che sono innamorata di te, e che sono fiera di stare al tuo fianco. Tu sai proteggere, divertire, avvolgere, sai far sentire la tua mancanza, sai rassicurare, insegnare, condividere e progettare, e sai dare sempre un confine diverso a ogni orizzonte, mostrando il mondo come solo tu lo sai vedere. A volte ho paura di averti dato una fregatura. Proprio come dici tu, scherzando, tu che vedendomi uscire dal palazzo dove vivevo credevi io fossi la figlia della marchesa, mentre invece ero solo la figlia dei portieri. Così ti ho fregato. E io sì, penso di averti fregato, ma è stata la più bella, impagabile truffa della mia vita. Che rifarei milioni di volte.

«Sono orgogliosa di te per come sai proteggerci tutti: lo fai con me, lo fai con i miei genitori, e lo hai saputo fare come solo un angelo saprebbe quando il cuore di mio fratello Andrea, a trentott'anni, ha mollato gli ormeggi di questa vita e ha smesso di battere. Io ho congelato i miei occhi e l'anima, sperando che quel ghiaccio congelasse il cuore dei miei genitori, travolti da un dolore così forte, il più forte che si possa provare. Tu hai preso tutto sulle tue spalle senza fare rumore e hai risolto ogni problema, hai pensato a ogni cosa. Il giorno dopo sei perfino riuscito a andare in tribunale per ultimare la battaglia di Andrea contro chi, sul lavoro, gli aveva fatto del male. Hai preso le sue carte, le hai studiate a fondo, sentendo l'odore della rabbia di Andrea e delle mille sigarette fumate per capire come difendersi dall'ingiustizia subita. Ti sei vestito per bene e sei andato a combattere per lui. Alla fine sei uscito da lì vincitore, e quel giorno tu hai vinto per lui, per sua moglie e sua figlia, per tutti noi, rendendo merito al suo cuore che grazie a te, per un momento, è come se avesse ripreso a battere forte e combattivo.

«Il cuore che batte forte: è questa la nostra vera colonna sonora. Il cuore che ruzzola di gioia quando penso alle letterine che mi scrivevi a scuola. Costruivi le buste che le contenevano con la carta dei giornali, io le conservo tutte, come conservo i nostri autoscatti, come conservo le agendine dei pensieri che ci scambiavamo da ragazzi. Forse lo faccio perché ho bisogno di cercare ogni volta la conferma che questa persona, così meravigliosa, unica e speciale, sia capitata proprio a me. A me che sono disordinata, che tante volte per non pensare evito di ascoltare, a me che abbocco a tutti i tuoi scherzi senza imparare mai, che non so cucinare le polpette al sugo che adori, a me che so di averti coinvolto in una vita piena di guai, che tu hai fatto tuoi come se niente fosse.

«Questo è l'uomo che ho avuto la fortuna di conoscere, questo è lo sguardo che non voglio perdere, questa è la mano a cui mi sono attaccata vent'anni fa e che mai lascerò.»

La lettera continuava come un fiume in piena, sempre più intensa, sempre più commovente.

«Il cuore, ancora il cuore. Sempre il cuore. Il cuore che mi riempie la vita, e che me la leva. Sette anni fa mio fratello, poi tre anni fa te. Il tuo cuore si metteva a dare i numeri, e il mio si buttava dalla finestra. "Un'influenza" dicevi "ho bisogno solo di un analgesico." Io non mi sono fidata e ti ho costretto a andare in ospedale e, quando ti ho visto sdraiato in terapia intensiva, reparto cardiologia, ho pensato che la vita – o chi per essa – mi stesse prendendo in giro. Andrea, il mio fratello adorato, quello a cui non avevo nemmeno fatto in tempo a dire "Ti voglio bene", se ne andava in una notte, senza nemmeno mezzo preavviso. Quattro anni dopo tu. Non c'è molto da dire, solo che io non volevo e non ci potevo credere.

«Proprio tu, proprio il tuo cuore, quel muscolo che pompa vita per te, ma anche per me, per i nostri figli, per tutti noi, si era come inceppato. Eppure anche da lì, sdraiato e vincolato a tubi e macchine, mandavi autoscatti a me e ai bambini, per rassicurarci, per farci ridere, per comunicarci che eri come sempre, pronto a darti da fare per uscirne vincitore.

«Ce l'hai fatta. Due ricoveri consecutivi e hai mantenuto la promessa, ma da allora il tempo per me ha preso tutt'altra forma. Da allora non c'è niente che io possa rimandare a domani. Da allora, da tre anni, non esiste più un domani lontano, che prima o poi arriverà. No, esiste solo quello che sto vivendo, quello che voglio, coniugato a quello che posso fare. Ecco perché sono qui stasera, perché tu sappia che, se sono passati dieci minuti dall'inizio di questa lettera, bene, sono dieci minuti che io ti amo, se possibile, anche più di prima. Perché ogni secondo, minuto, mese o anno, io vivo felice grazie a te. E se ti pare troppo quello che dico, e magari un po' imbarazzante, perché mi sentono in tanti, non ti preoccupare, perché nessuno ci sta ascoltando... guarda verso il pubblico.»

Rossella scoppiò a ridere. Tra il pubblico le persone avevano sollevato un quotidiano e si erano messi a leggerlo. Gli spalti, adesso, erano una distesa di pagine stampate.

«Carina questa trovata!» esclamò.

Persino Anna si lasciò sfuggire una risatina.

«Vedi, nessuno si cura di noi» riprese a leggere Maria «perché la verità è che noi non siamo apparentemente niente di che, siamo una coppia normale, che a volte litiga. Abbiamo una famiglia normale, che a volte inciampa. E conduciamo una vita normale. Ma ho detto "apparentemente", Fabio, perché in verità non è così. Noi siamo qualcosa di speciale e, se anche un po' mi secca dirlo, lo siamo perché *tu* sei speciale... di nuovo non mi credi? E allora guarda di nuovo verso il pubblico.»

Rossella rise ancora più forte, tra le lacrime di commozione che erano garanzia del buon esito della storia.

Tra il pubblico le persone ora avevano girato i loro quotidiani mostrando il paginone centrale: una fotografia che ritraeva la famiglia di Fabio e Alessia al mare, in una sorta di piramide umana, con lui sotto e gli altri sopra, e una scritta: «Ecco le spalle su cui poggia il mio mondo».

«Questo volevo: sorprenderti» proseguì Alessia, a parole sue, emozionatissima «come tu fai con me da vent'anni. Volevo dirti che ti amo, volevo dirti che sei speciale e volevo farlo adesso. E poi volevo dirti che cercherò sempre di più di stupirti... m'impegnerò amore per rendere il futuro bello ancor più del nostro presente.»

Il pubblico scrosciò in un applausone, anche Rossella si mise a battere le mani, nonostante fosse dietro le quinte. Poi tirò un sospiro e si accoccolò vicino ad Anna, tanto che le venne in mente il suo gatto Attilio.

«Eh, cara mia... è proprio un bell'impegno, l'amore a volte è più faticoso che andare a lavoro...» bofonchiava.

Anna si voltò a guardarla, non credeva alle sue orecchie. Da quando in qua la sua collega era diventata una guru dell'amore eterno? Proprio lei che aveva una vita sentimentale paragonabile a un lunapark.

«Non guardarmi così» l'anticipò Rossella, come se le avesse

letto nel pensiero. «Io mio marito lo amavo e se è finita con lui non è perché io sono andata con un altro. Certo, dopo di lui mi sono diciamo un po' presa una rivincita. Diciassette anni di fedeltà, meritavo anche io qualche piccolo premio di consolazione! Ma se incontrassi di nuovo l'uomo giusto... ti giuro, mi metterei al lavoro e farei pure gli straordinari!»

Rossella si mise a ridere per la battuta. Ma quello che stava dicendo corrispondeva a verità. Anna rimase in silenzio. Avrebbe voluto dirle che fino a quando frequentava tipi come il tizio molto più giovane conosciuto sull'autobus, o il dottore sposato con figli, o il vedovo che le aveva detto che nemmeno morto sarebbe tornato a convivere con una donna... di incontrare l'uomo giusto non correva il più lontano pericolo.

«Dài, Ros, ora ascoltiamo le promesse di Alessia, che sono curiosa...» si limitò a dire e, per la prima volta nella sua vita, appoggiò la propria mano sopra quella della truccatrice.

Alessia, sempre seduta sul suo pouf, cominciò da una promessa scherzosa.

«Prometto che nelle notti d'inverno non indosserò più il pigiamone coi calzini.

«Prometto, anche se non so se riuscirò a mantenerlo, che imparerò a preparare le polpette con il sugo.

«Prometto che continuerò ad arrossire, perché a te piace.

«Prometto che non chiuderò mai il cassetto dei nostri sogni, in modo che li continueremo a realizzare insieme.

«Prometto che quando invecchieremo ti guarderò negli occhi con la stessa intensità, lo stesso amore, la stessa curiosità di quando eravamo ventenni.

«E infine ti prometto che, in qualunque vita io sarò, in qualunque epoca, io quel naso lo cercherò e lo sfiorerò per caso, in modo da poter rivivere tutto insieme a te.»

L'amore era lì, in quello studio, tra quelle due persone, e sarebbe durato per sempre.

Anna sospirò. Anche la sua storia era cominciata da un inciampare di nasi, un bacio rubato. Poi niente, però, era sopravvissuto al tempo.

Eppure quante emozioni aveva provato in quei primi tempi...

Raffaele era il ragazzo forte che andava contro il parere della sua famiglia pur di vederla di nascosto. Era il meccanico che aggiustava qualsiasi tipo di motore e che le raccontava – fra un bacio e l'altro – le sue prodezze quando andava a fare le gare di motocross. Raffaele era il ragazzo che aveva sempre una parola dolce per lei, che le diceva quanto fosse bella, quanto la pensasse e quanto attendesse con fervore i loro incontri.

Ma che dolore quando lui doveva partire per i suoi viaggi e si assentava per qualche giorno. Un fratello del padre viveva infatti a Rimini, dove aveva una pizzeria-ristorante in riva al mare che mescolava la cucina romagnola con quella calabrese. E lui andava spesso a trovarli. Gli piaceva da morire, diceva. A Rimini il mare forse non era bello come lo Jonio, ma le spiagge brulicavano di gente, gli ombrelloni erano disposti ordinatamente, c'erano stabilimenti balneari in cui bere, mangiare, affittare le sdraio; e poi la sera si usciva, si beveva, si viveva la notte fino a tardi.

«Un giorno ti porterò, amore» le sussurrava, mentre in lei cresceva un sentimento sconosciuto di disagio, che viaggio dopo viaggio, assenza dopo assenza, aveva imparato a chiamare col suo giusto nome: gelosia.

Com'erano le ragazze di Rimini?, si chiedeva Anna. Raffaele le guardava? Anche a loro diceva che erano belle?

Il solo pensiero le strizzava il cuore e non la faceva dormire.

In quei giorni, a casa, Anna non riusciva a nascondere la sua agitazione.

La più sospettosa era come sempre nonna Elsa. Non mancava di chiederle perché avesse tardato a tornare a casa, e ogni volta Anna trovava una scusa diversa: era passata alla fonte a riempire l'otre d'acqua fresca, aveva aiutato la padrona in una faccenda extra, aveva semplicemente fatto una passeggiata per cercare di scacciare via il mal di testa.

Suo padre restava in silenzio. Da quando aveva avuto l'ictus parlava pochissimo. Si vergognava di quel suo eloquio diventato lento e accidentato. Trascorreva le sue giornate sul divano a guardare la grossa TV in bianco e nero oppure con gli occhi rivolti alla finestra, a pensare a chissà cosa.

La gelosia, specialmente quando Raffaele era via, la torturava. Si acquietava solo quando lui tornava, la riabbracciava e le diceva che gli era mancata da morire.

Ma quella sensazione di serenità durava solo fino al viaggio successivo.

Stava iniziando la primavera, le colline attorno a Girifalco riacquistavano i loro colori, quando, un lunedì, mentre Anna usciva dalla casa in cui faceva le pulizie, vide Raffaele all'ingresso laterale dell'officina, quello che dava direttamente nell'ufficio dove la sua famiglia sbrigava le pratiche amministrative.

Le disse qualcosa con il labiale che non comprese.

Sorridendo per l'imbarazzo, lei tirò dritto. Allora Raffaele la chiamò con un fischio. Si voltò e lo vide farle segno di raggiungerlo, col suo solito sorriso strafottente e irresistibile stampato sul volto. Era impazzito? Anna si guardò intorno, non c'era nessuno, e timidamente si diresse verso di lui.

«Vieni» le disse Raffaele, tirandola verso l'interno dell'officina per il braccio.

Anna sgranò gli occhi, invasa dal terrore ma anche da un'eccitazione che le aveva subito infiammato le guance.

«Ma... se ci vedono?»

«Non ti preoccupare, non c'è nessuno oggi. Siamo soli io e te.»

Non appena la porta si chiuse, si sentì completamente avvolta dalle braccia di Raffaele, i loro nasi che si strofinavano mentre le labbra si univano e la lingua del ragazzo si insinuava dentro la sua bocca. E poi anche le sue mani a percorrerle il corpo, audaci come non lo erano mai state. Anna aveva sentito il proprio corpo farsi sempre più languido e aveva sollevato le mani fino ad appoggiarle sul petto di lui. Sospirando. E pensando, ecco, che proprio di quella sostanza erano fatti i suoi sogni. I muscoli sotto i suoi polpastrelli appartenevano a un angelo. Era tutto troppo bello, e più lo baciava più lo avrebbe baciato.

Quando si incontravano per strada, sempre in luoghi nascosti, in vicoli, oppure tra gli alberi, appena fuori il centro abitato, non si erano mai spinti a tanto.

A un certo punto, Raffaele si fermò.

«Aspetta» le sussurrò con il naso dentro al collo. «Ho qualcosa per te.»

Anna era tutta un rossore, sentiva bruciare intorno alla bocca, doveva essere la barba corta di lui che aveva sfregato un po' troppo sulla sua pelle delicata. Doveva essere la passione, che le stava mordendo l'anima per la prima volta in vita sua.

Raffaele andò a un armadietto e ne tirò fuori una scatolina.

«Per il tuo compleanno.»

Non era un pacchetto colorato e decorato con nastri o fiocchetti, solo un cubo di cartone grezzo con due sbaffi di olio motore su di un lato.

Ma Raffaele si era ricordato del suo diciassettesimo compleanno, che cadeva il 15 di marzo, e questo era per lei già il più bel regalo che potessero farle.

Quando Anna prese in mano la scatolina, si rese conto con sorpresa che il contenuto era pesante.

«Cos'è?» sussurrò.

«E che lo chiedi a me? Aprilo!» le disse Raffaele.

Anna fece saltare con un colpo di indice il tappo della scatolina e dal cartone tirò fuori una boccia di vetro, di quelle con l'acqua e la neve finta dentro. Nel mezzo c'era il Colosseo in miniatura e sotto la scritta ROMA.

«Agitala e capovolgila, guarda che succede» la esortò Raffaele. «È un po' come quando ti bacio, che sento tutto che mi va in subbuglio dentro... e se poi mi guardi pure con quegli occhi belli, sento anche che mi nevica in testa... Avanti agita, guarda che effetto che fa!»

Lei lo conosceva benissimo l'effetto che faceva, agitare quella palla di vetro. L'aveva provato sulla sua pelle, il giorno in cui ebbe la rivelazione di avere una sorella gemella al camposanto. Aveva fatto il giro del mondo in un respiro solo e aveva dovuto aspettare parecchio prima che i mille segreti finissero di nevicarle addosso. Ma quello era il primo regalo di Raffaele. Non c'entrava nulla col resto. Era una sorpresa bellissima e doveva velocemente sgomberare la testa da ogni pensiero e dedicarsi solo a far nevicare sul mitico Colosseo. Così Anna, con un colpo di polso, agitò la sfera in ogni direzione facendola brillare alla luce dell'unica lampadina accesa.

Raffaele prese ad accarezzarle le labbra con un dito. «Quando l'ho vista ho pensato a te. Roma è la città più bella del mondo. Se mi sposi, ti ci porto a vivere.»

Anna rimase interdetta. Aveva detto quella parola lì, o stava sognando? Se mi sposi che cosa? Chi? Quando?

Raffaele le tolse di mano la sfera e l'appoggiò su un tavolino, quindi tirò Anna verso un divanetto.

«Adesso vieni qui, piccolina. Non sai da quanto tempo sogno questo momento.»

Lì – in quello stanzino che sapeva un po' di fumo, un po' di officina e un po' di deodorante per ambienti al pino silvestre, sopra un divanetto di velluto bordeaux, mentre una pioggia di neve cadeva su un Colosseo in miniatura – Anna e Raffaele fecero l'amore.

Per lei fu la prima volta. Prima volta di tutto e tutto insieme. E come tutte le prime volte fu all'inizio dolorosa, sorprendente, e si concluse prima che potesse rendersi conto di ciò che era successo.

Alla fine, sapeva soltanto che la sua vita era cambiata per sempre. Non era più una bambina di diciassette anni. Anna ora era una donna e sulla pelle aveva l'odore del suo uomo. Non si sarebbe fatta più la doccia, pur di non levarsi il profumo del suo primo amore. Buono, buonissimo, e che lei avrebbe voluto addosso fino alla fine dei suoi giorni.

Quella notte, a casa, si era rifugiata presto nel suo lettino con quel fantastico segreto. E prima di addormentarsi aveva dato una bella scossa alla palla di vetro con la neve finta che cadeva sul Colosseo. C'erano dentro tutti i suoi sogni più belli.

C'era l'amore per il suo Raffaele.

C'era la sua felicità. Ma anche il suo esatto contrario.

7

Dopo settimane di registrazioni al Teatro 4 – settimane durante le quali Anna aveva avuto cura dei vestiti di tanti ospiti e della conduttrice – quella sera andava finalmente in onda la prima puntata di «C'è posta per te» della stagione.

E se c'era un'occasione in cui Anna decideva di accettare l'invito a cena della vicina era proprio il sabato sera, per vedere insieme il programma. Ogni anno, da esattamente sei anni. Mangiavano verso le otto, quindi si accomodavano sul divano davanti al grande televisore che Giulio aveva regalato alla madre il Natale precedente, una bella copertina sulle gambe e l'immancabile cofanetto di kleenex.

Quella sera, Rosa aveva messo in tavola una teglia da otto porzioni di conchiglioni al forno col broccolo viola e il pecorino.

«Hai *molta* fame?» chiese ironica Anna.

«Ne faccio sempre un po' di più» rispose Rosa pulendosi le mani nel grembiule. «Così domani Giulio, finito il lavoro, passa e si porta via l'avanzo, ché il giorno dopo la pasta al forno è ancora più buona.»

Ma era buonissima già quella sera, appena sfornata. Anna ne prese prima una piccola forchettata, poi quando le sue papille gustative cominciarono a esultare, si fiondò sul piatto con voracità – sempre, s'intende, nei limiti che il suo autocontrollo le imponeva.

«Bevici su anche questo» disse Rosa versandole due dita

di vino rosso. «Me lo dice sempre il dottore, un bicchierino al giorno fa bene al cuore... a proposito, com'è andata dal medico?»

Anna tossicchiò, e un po' di vino le andò di traverso.

«Non dirmi che non ci sei andata!» esclamò Rosa in tono di rimprovero.

Anna si pulì le labbra col tovagliolo. «Andare ci sono andata» disse.

«E...?»

«Mi ha consigliato di fare alcuni esami.»

«Esami del sangue, elettrocardiogramma ed ecodoppler?»

«Forse...»

«Anna...» Il tono di Rosa non ammetteva repliche. «Non sottovalutare la salute. Mai.»

«Ma chi la sottovaluta?! Sto solo aspettando che finiscano le registrazioni del programma. Ora chi ce l'ha il tempo?»

«E quando finirete?»

«A fine febbraio credo, settimana più, settimana meno.»

«Potresti almeno prenotare l'appuntamento al Cup, oppure ti faccio fare da Giulio tutto online.»

«*Cup... online...* ma di cosa stai parlando?»

Anna sbuffò e si portò alla bocca un'altra forchettata di conchiglioni. «Deliziosi, complimenti.»

Rosa scoppiò a ridere scuotendo la testa. «Sei tremenda, sei!»

E si rimisero a mangiare. Rosa cominciò a raccontare delle novità scolastiche di suo nipote, ma anche di alcuni pettegolezzi del palazzo: pareva infatti che la signora che si era autoproclamata portinaia avesse trovato l'amore.

«Cosa? Quella?» trasalì Anna.

«Sì, Ada, lei... perché?» chiese Rosa fissandola di traverso. «Mica solo i giovani o le bellone che vedi tu in TV hanno diritto di trovare l'amore.»

«Non intendevo questo. È che... mi sembrava un tipo così solitario, fuori dal mondo... lei e la sua voglia di lucidare l'androne senza che nessuno glielo abbia mai chiesto... insomma, una che non sta bene col cervello, diciamocelo. Mi pareva una disperata.»

«Certo che a volte sei proprio crudele. E se poi fosse stata anche una disperata, adesso non lo è più. Ci pensa tutti i pomeriggi l'ex pompiere Albertini, quello del sesto piano, quello vedovo, a tirarle su il morale. Il pomeriggio scende da lei e torna ai piani alti la sera, poco prima che passino i figli a vedere come sta. Se sapessero...»

Anna sgranò gli occhi. «Mica male!» avrebbe voluto dire. Ma la sua etichetta, come al solito, non le permise di sbilanciarsi. Disse soltanto: «Speriamo sia una passione rovente, allora! Che se prende fuoco, ci pensa Albertini a domare le fiamme!», e sollevò ironicamente il bicchiere di vino per mimare un brindisi.

Rosa scosse di nuovo la testa: «Sei in forma stasera! Forse è meglio che il vino lo lasci stare!». E giù a ridere.

Dopo i conchiglioni al broccolo viola c'era il dolce.

«Non sono riuscita a preparare anche il secondo, mi spiace» si era giustificata Rosa mettendo in tavola dei cantucci fatti in casa con del vin santo. «È una ricetta della mia amica toscana. Li hai mai mangiati?»

Anna annuì, aspettando che la vicina le versasse due dita di vin santo per poterci inzuppare i biscotti.

Intanto però pensava alla pseudoportinaia. Ai suoi occhi era sempre apparsa una sorta di pietra, immobile e immutabile: il mondo attorno a lei poteva cambiare ma lei rimaneva sempre la stessa. Un po', si disse, come lei doveva sembrare agli altri: la sarta del quarto piano. E niente altro. Musona, spigolosa, simpatica come il cactus nel vaso dell'androne del palazzo.

E invece la vita della «portinaia», quando nessuno più se lo aspettava, era cambiata. Magari la storia fra lei e il pompiere in pensione si sarebbe rivelata un «fuoco di paglia», intanto però aveva smosso qualcosa, dimostrava che quella donna, sotto sotto, era *viva*, desiderava ancora, produceva sentimenti.

Quei sentimenti che Anna temeva di non avere più. Dopo ciò che era successo era come se il cuore le si fosse congelato, come se tutta la sua anima si fosse paralizzata: meglio il vuoto piuttosto che la sofferenza.

E gli anni erano trascorsi troppo velocemente uno appresso all'altro, senza che quasi lei se ne accorgesse. Adesso era troppo tardi per rimediare: l'amore se non lo frequenti, smetti anche di ricordarti come si fa a farlo girare. Aveva i sentimenti arrugginiti e poca forza per oliarli.

«Accendiamo, che sono già le nove!» disse Rosa. «Porto i cantucci e i bicchierini sul tavolino di là.»

Anna si risvegliò dai suoi pensieri. «Ti do una mano» disse prendendo la bottiglia.

Come sempre, la puntata cominciò con un super ospite e con una di quelle storie in cui lo studio pareva trasformarsi, come per magia, nei desideri delle persone che scrivevano alla trasmissione.

Era la storia di Antonio, Teo e Lucia, i tre fratelli che avevano visto la madre morire avvolta dalle fiamme, ma che poi avevano trovato nella nuova compagna del padre un punto di riferimento, una seconda mamma amorevole e affettuosa, una rinascita per loro e per il loro adorato babbo. Lucia era quella che le aveva regalato la maglia rossa e bianca, ma del dono Anna non fece parola con la vicina. Anche se era di buonumore quella sera, rimaneva sempre la regina della riservatezza.

Poi fu il turno di una vicenda che Anna aveva seguito poco. Dopo aver sistemato i vestiti delle protagoniste aveva dovuto infatti sbrigare altre faccende, senza poter seguire come al solito la registrazione dal monitor.

Si allungò allora con la schiena sul divano, pronta a godersi quella storia come una telespettatrice qualsiasi di «C'è posta per te», cosa che le accadeva di rado.

«Questa è la storia di Gemma» esordì Maria De Filippi. «Facciamo entrare Gemma e Andrea.»

Gemma era una donna sulla cinquantina, alta, magra, bionda con grandi occhi azzurri che brillavano dietro occhiali dalla montatura spessa. Andrea era suo figlio, un ragazzone coi capelli castani e gli occhi chiari. Entrambi emozionati, si andarono a sedere sul grosso pouf posto davanti alla busta.

«Gemma mi ha detto: "Voglio trovare mia madre"» spiegò

Maria. «L'ultima volta che l'ha vista aveva undici anni. "Quella sera mi ha dato la buonanotte, e ancora aspetto il buongiorno. Sono passati quarant'anni: quarant'anni in cui non ho sue notizie. Di lei custodisco solo una piccola foto, e la custodisco gelosamente. Per tanti, tanti anni l'ho cercata con gli occhi, la cercavo per strada in ogni signora che più o meno avesse la sua età, sperando fosse lei. L'ho cercata col cuore, perché tutte le volte il mio cuore si chiedeva dov'era, mi mancavano i suoi abbracci, le sue carezze, mi mancavano le sue parole."

«Gemma si ricorda una recita scolastica, una delle ultime, lei era emozionata perché doveva salire sul palco e aveva paura che la mamma non facesse in tempo a vederla. Alla fine, però la vede, lì in fondo, ed è bellissima, nel suo tailleurino giallo pallido, con un cappellino di quelli che lei portava sempre. Alla fine della recita le corre incontro, l'abbraccia e le dà delle rose gialle che aveva raccolto per lei nell'aiuola davanti alla scuola.

«"Mia mamma è inglese" racconta Gemma "mio papà è italiano. Si sposano in Inghilterra e vengono a vivere in Italia. Mia mamma non mi ha abbandonata come si potrebbe pensare. È scappata dalla casa dove vivevamo, e ha fatto bene a farlo, perché non ce la faceva più. In quella casa per lei era un inferno, e questo per colpa della mia nonna paterna, e di mio padre, che era succube di lei.

«"Mia nonna la trattava male, le diceva che non andava bene nulla di ciò che faceva. Ma erano le sue abitudini, che derivavano da una cultura diversa, quella anglosassone. Mia madre, infatti, a volte usciva e andava al bar a prendere un cappuccino e a fumarsi una sigaretta, e solo per quello veniva considerata una poco di buono. Era arrivata al punto, mia nonna, di chiamare addirittura gli assistenti sociali perché le togliessero ogni diritto su di me e mio fratello. Mia madre provò a ribellarsi, ricordo ancora le urla. Chiedeva aiuto a mio padre, ma lui non riusciva a opporsi a sua madre, tant'è che tutti i soldi che guadagnava li dava sempre a lei.

«"A un certo punto, una mattina, mia madre non c'è più. Aveva deciso di scappare. Non avrebbe potuto portarci con sé, perché non aveva più alcun diritto su di noi. Ha lasciato una lettera in inglese, ma quella lettera io non l'ho mai potuta leggere. Ha lasciato anche dei vestiti, ma mia nonna li ha fatti sparire. E così come dall'armadio erano spariti i suoi vestiti, dal mio dito è sparito l'unico anellino che mi era rimasto di lei. Avevo quattordici anni, avevo litigato con mia nonna, avevo guardato l'anello quel giorno, come a dire: 'Se ci fosse mia mamma, lei mi capirebbe', e allora lei me lo ha sfilato. Molto probabilmente quell'anello è finito nella spazzatura.

«"Ciò che più mi dà dolore" mi ha detto Gemma "è pensare che mia madre possa immaginare che io la odi, mentre io, al contrario, la amo profondamente. E che lei non sappia che sono anni che la cerco, convinta di avere una mamma dolce, sorridente, ma che soffriva tanto anche se non me lo faceva vedere, perché ogni volta che era con me era la mamma più affettuosa e premurosa del mondo."»

Maria fece un sospiro e guardò Gemma negli occhi, occhi che spessissimo la telecamera inquadrava e che sembravano due schermi da cinema, sui quali passavano veloci emozioni visibili e intensissime.

Anna, dal divano di casa di Rosa, li fissava. E sentiva i propri farsi sempre più pesanti, lucidi, come se una marea spingesse da dietro, pronta a straripare.

Ma non poteva piangere adesso, non lì, accanto alla sua vicina, che sgranocchiava un cantuccio senza averlo ammorbidito prima nel vin santo.

«Allora, io la tua mamma l'ho trovata» annunciò Maria, continuando a camminare sul linoleum rosso dello studio. «È tornata a vivere in Inghilterra.»

Il pubblico applaudì, e Gemma sorrise: prima un accenno, poi il sorriso ampio e luminoso di una bambina che aspetta di scartare il suo coloratissimo leccalecca vinto al lunapark.

Una lacrima spuntò all'angolo dell'occhio destro di Anna.

Prontamente lei l'asciugò col polpastrello, con la scusa di darsi una sistemata ai capelli per non attirare l'attenzione della padrona di casa.

La busta davanti a Gemma e a suo figlio Andrea si aprì per mostrare la consegna della posta alla signora.

Il postino Gianfranco, un ragazzo moro dall'accento romano, si trovava a Londra. Con la sua bicicletta era passato accanto a una cabina telefonica rossa, poi aveva pedalato lungo una strada con case basse a mattoncini, e infine era arrivato al cancello dell'abitazione di Catherine, la madre di Gemma.

«È uguale a sua figlia!» esclamò Rosa, mandando giù l'ultimo pezzo di cantuccio, quando la donna comparve sullo schermo del televisore. «Vero?» chiese voltandosi verso Anna.

La sarta annuì con la testa, ma non disse nulla. La gola era stretta in una morsa.

Quando il postino disse a Catherine – una donnina minuta, con gli occhi chiari e i capelli argentati lunghi fino alle orecchie – che era stato inviato lì da un programma televisivo italiano, lei rimase un po' sconcertata, un'ombra scura che si allungava sul suo volto. Era come se la parola «italiano» le avesse fornito un indizio fondamentale.

«Mi sa che si sente in colpa» commentò Rosa. «D'altronde, abbandonare dei figli... ma come si fa?»

Poi, quando il postino chiese a Catherine di pronunciare la frase di rito di ogni consegna, «C'è posta per te», sul viso della donna passò come un lampo, brevissimo, di gioia.

La telecamera tornò a inquadrare il volto di Gemma. La felicità le si leggeva nello sguardo.

«Gli occhi sono i suoi...» disse la donna.

«L'avresti riconosciuta?» le chiese Maria.

«Sì, dagli occhi» rispose Gemma.

«Sei contenta?»

«Tanto, tantissimo.»

Anna sentì un'altra lacrima fare capolino, mentre l'applauso del pubblico sosteneva come sempre chi era in attesa sul pouf azzurro.

Era arrivato il momento di far entrare Catherine.

Maria, affinché la donna non capisse subito chi la stava cercando, lasciò che solo Andrea si posizionasse sul pouf davanti alla busta che lei avrebbe visto.

Soltanto se avesse deciso di aprire la busta al nipote, Catherine avrebbe potuto incontrare la persona dietro la seconda busta: sua figlia.

«Gianfranco» disse Maria. «La signora Catherine ha accettato l'invito?»

«La signora Catherine ha accettato l'invito, ed è qui con noi» rispose il postino.

E un attimo dopo porse il braccio alla signora inglese, che fece il suo ingresso vestita in modo impeccabile, ma con un'andatura tutt'altro che sciolta. Avrà avuto, a conti fatti, una settantina d'anni, e se li portava benissimo.

«Ho visto che parla un po' d'italiano» le disse Maria.

«Sì, me la cavo» rispose lei, nel suo spiccatissimo accento british.

«La persona che l'ha mandata a chiamare» cominciò a spiegare la conduttrice «parlerà solo se lei lo vorrà. All'inizio lei la guarderà solamente. E poi mi dirà se avrà voglia di ascoltare.»

La busta si aprì.

Catherine osservò Andrea, un volto a lei sconosciuto. Lo osservò a lungo, aggrottando la fronte, nel silenzio totale in cui era piombato lo studio. E anche a casa né Rosa né Anna dicevano una parola.

«È un viso che non le dice niente, vero?» chiese Maria a braccia conserte.

«Però... mi sembra di conoscerlo» disse la donna.

«Io posso dirle che non lo ha mai conosciuto» aggiunse Maria. «Però chiunque si rivolga a questa trasmissione ed è seduto dall'altra parte della busta ha di sicuro nei confronti di chi accetta l'invito dei buoni propositi. Quindi, secondo me, non dovrebbe aver paura di ascoltare.»

«No... Okay.»

«Lo posso far parlare allora?»

«Sì.»

In quel silenzio da chiesa, il ragazzo prese la parola.

«Mi chiamo Andrea, ho ventott'anni, convivo con la mia compagna già da quattro anni, e abbiamo un bambino piccolo di tre, di nome Claudio, ed è bellissimo.» Fece un sospiro. «Mia madre ha avuto sempre belle parole per te. Diceva che eri una donna dolcissima, sempre sorridente, molto affettuosa con i propri figli. Noi purtroppo non ci conosciamo.»

Un'altra pausa.

«Io sono tuo nipote.»

Catherine rimase immobile. Apparentemente imperturbabile. Ma chissà quali emozioni si stavano scatenando dentro il suo petto, si preoccupò Anna.

«E anche se non ci conosciamo io vorrei tanto abbracciarti» concluse il ragazzo.

Ancora qualche attimo di silenzio, come se il tempo si fosse fermato.

«Io non so, Catherine» intervenne Maria «se quando si è aperta la busta e hai visto il viso di Andrea, hai trovato qualcosa di familiare»

«Sì... è mio nipote» disse la donna con un filo di voce, mentre portava una mano alla bocca e gli occhi le si facevano d'un tratto rossi, pronti a piangere tutte le lacrime che avevano trattenuto fino a quel momento.

«Ti va di conoscerlo?» chiese Maria.

La donna annuì senza indugio, e la busta si aprì. Andrea le andò incontro e l'abbracciò, mentre Catherine piangeva di gioia e diceva: «Adesso va benissimo».

Era la sera dei miracoli per la nostra signora inglese. E quello era soltanto l'inizio.

«Forse crede che la figlia sia morta» mormorò Rosa «visto che a cercarla è stato il nipote...»

«Morta...»

La parola affiorò alle labbra di Anna senza che lei lo volesse.

E fu come se una lama le si fosse conficcata nel petto.

«Adesso ci sediamo qui, vieni» disse Maria indicando a Catherine un altro pouf.

Davanti a loro una seconda busta.

La donna, emozionata, chiese un fazzoletto di carta. Maria si guardò intorno. «Io non ce l'ho, però solitamente il pubblico di questo programma ne porta sempre una bella scorta con sé.»

E infatti una signora in prima fila le allungò un pacchetto.

«Vedi, che ti dicevo?» scherzò Maria per alleviare un poco la tensione della signora. «Adesso, Catherine» riprese subito «tuo nipote sta qui con noi, io apro questa busta e tu vedrai un'altra persona che ci tiene tanto a vederti. Okay?»

La busta si aprì.

Gemma era lì. Catherine la fissò. La telecamera le inquadrò entrambe, prima l'una, poi l'altra. Una figlia e una madre: due gocce d'acqua. Solo il tempo aveva disegnato sulla pelle della seconda qualche solco in più.

E ancora un silenzio assoluto, il pubblico immobile, testimone di un grande, grandissimo evento, nella vita di quelle due donne.

«Anche in questo caso, la regola della trasmissione vuole che sia tu a dirmi se può parlare» disse Maria.

«Sì, può parlare...» mormorò Catherine.

Gemma, dall'altra parte, fece un lungo respiro. «Sono passati quarant'anni, lunghissimi, ti ho sempre cercata ma purtroppo non ti ho mai trovata. Mi sei mancata tantissimo... ti voglio tanto bene.»

La voce le si ruppe, mentre il viso di Catherine di nuovo lasciava spazio al dolore e gli occhi le si facevano lucidi una seconda volta nel giro di pochi minuti. Davanti a lei c'era la figlia cui aveva detto addio tanto tempo prima, quasi una vita fa.

Probabilmente fu solo grazie all'applauso scrosciante del pubblico se Gemma riuscì a trovare la forza per riprendere a parlare.

«I tuoi occhi sono gli stessi. Mi manca il tuo sorriso, mi mancano i tuoi abbracci, i tuoi baci... Mi sei mancata moltissimo. Anche nei momenti più tristi avrei voluto stare vicino a te, ma soprattutto condividere la mia felicità di questi anni. Sei sempre stata nel mio cuore e avrei tanto voluto che tu fossi stata vicino a me a gioire della nascita dei miei figli. Ora desidererei che tu facessi parte della mia famiglia, perché tu sei la loro nonna, sei importantissima per me. Ho bisogno di te... mamma.»

Anna tirò su col naso. E in quel momento si accorse che le sue guance erano bagnate di lacrime. Non una solitaria lacrima, ma un intero fiume le stava lambendo il collo. Erano anni che non piangeva in quel modo.

Rosa nemmeno se ne era accorta e prese a bofonchiare, con tono accusatorio: «Quando sento certe storie... mah, io non lo so come si fa a rinunciare a un figlio... proprio non capisco. Non te ne vai in giro in Inghilterra da sola, e lo molli lì». D'accordo la suocera cattiva e il marito succube, ma per un figlio ci si getta nel fuoco se serve.»

Non sentendo un commento da parte di Anna, si voltò verso di lei e la vide come non l'aveva mai vista.

«Ehi» esclamò poi sorpresa. Il suo tono si era fatto dolcissimo.

Prese un fazzolettino dal contenitore che aveva sulle gambe e glielo passò: «Che ti succede? Solitamente sono io a emozionarmi e a piangere come una fontana... vieni qui». E la strinse a sé.

Anna esplose. Le lacrime adesso le scendevano a fiotti, i singhiozzi le scuotevano la schiena. «Non ce la faccio più... non ce la faccio più... non ce la faccio più...» continuava a mormorare abbandonandosi a quell'abbraccio che sapeva di casa.

Rosa le accarezzò la schiena. «Ma cos'è successo? Mi nascondi qualcosa che riguarda la tua salute? Hai scoperto di avere qualcosa?»

Anna scosse la testa.

«E allora cosa ti succede? Non farmi preoccupare. Se non ci confidiamo tra noi che siamo due vecchierelle che ci conosciamo da tanti anni...»

Avvolta da quell'abbraccio, un calore umano che non assaporava da tanto tempo, Anna sentì che poteva fidarsi. E accendere quella luce sulla zona d'ombra che teneva nascosta da un'eternità.

Allora si sciolse gentilmente dall'abbraccio dell'amica – perché era un'amica, Rosa, non una semplice vicina – e si diresse verso l'ingresso.

«Ma dove vai adesso?»

«Aspettami, arrivo subito» mormorò Anna, tirando su di nuovo col naso. «Voglio mostrarti una cosa.»

Attraversò il pianerottolo e, messo piede nel suo appartamento, andò in salotto. Dietro alla poltrona dove sonnecchiava Attilio c'era una piccola cassettiera. Aprì il terzo dei cinque cassetti. Dentro c'era solo un oggetto: un diario con la copertina nera spessa, consunta. Lo afferrò e a passo svelto, senza nemmeno curarsi di chiudere a chiave la porta di casa, tornò da Rosa. Posò il diario sul tavolino accanto a una fruttiera colma di mandarini e lo aprì sotto gli occhi della vicina.

Al suo interno c'era una fotografia a colori, leggermente sfocata. Anna l'aveva impressa nella memoria: appena socchiudeva gli occhi le appariva nella mente precisa in tutti i suoi dettagli.

Una bambina di pochi mesi, con una tutina rosa, appoggiata a un divano rosso, fra le braccia stringeva un orsacchiotto cui mancava la gamba destra.

Anna prese la foto e la porse a Rosa, che la maneggiò con delicatezza, proprio come se stesse prendendo in braccio una neonata.

Anna ricordava il momento in cui l'aveva scattata. Aveva tentato di togliere l'orsacchiotto di mezzo, soprattutto per via di quella zampa mancante, ma la bambina aveva cominciato a piangere, e così aveva ceduto.

Quella era l'unica foto che aveva di lei.

«Ma non sei tu...» esclamò Rosa, decisa.

Anna fece di no con la testa. «Infatti. È mia figlia. Si chiama Gioia.»

Rosa si riempì in tutta fretta il bicchierino di vin santo.

Intanto Anna aveva aperto la diga dei ricordi, dei rimpianti e soprattutto dei rimorsi.

Era nata il 22 dicembre del 1975, il giorno del solstizio d'inverno. Ed era stata un inestimabile dono di luce.

Fin da quando aveva capito che una creaturina le stava crescendo dentro, in quel maggio profumato e pieno di fiori, e ancora non sapeva se sarebbe stata un maschio o una femmina, aveva cominciato ad amarla. E questo nonostante la paura che aveva provato: come avrebbe fatto a dirlo in casa? Nonna Elsa sarebbe andata su tutte le furie, suo padre le avrebbe rivolto uno sguardo di disprezzo, e sua madre... sua madre sarebbe morta di crepacuore. Proprio a lei che faticava tutto il giorno, e che era la persona più preziosa al mondo, non poteva dare una delusione del genere.

Ora non poteva dirle che era rimasta incinta, che aveva fatto quello che aveva fatto al di fuori del vincolo matrimoniale, e per di più con un ragazzo che la sua famiglia non avrebbe mai accettato.

Un'onta si sarebbe abbattuta su di loro. Il paese intero ne avrebbe parlato, gli uomini seduti ai tavolini dei bar l'avrebbero definita una poco di buono, le donne avrebbero sibilato che meritava di essere rinchiusa in manicomio come tutte le *magàre* che, come lei, stregavano gli uomini con le arti del sesso e della perversione.

Per settimane si tenne tutto dentro. Continuò a vedere Raffaele non appena riusciva, e ancora, in quei pomeriggi d'estate, cedeva alla passione tra filari di ulivi e il garage quando era giorno di chiusura.

Era più forte di lei. Sentirsi amata, protetta, desiderata la faceva stare, per quei minuti in cui duravano i loro incontri, in paradiso.

Il resto della sua vita era un disastro. Non aveva proseguito gli studi, ogni giorno rammendava per le clienti e puliva bagni e pavimenti pur di dare una mano alla sua mamma che non faceva certo una vita migliore. A casa doveva nascondere una relazione clandestina, così come occultava sotto il divano-letto, dentro a una vecchia scatola di scarpe, la palla di vetro con il Colosseo e la neve finta che le aveva regalato Raffaele. E adesso doveva anche camuffare la pancia che lievitava ogni giorno di più. Aveva cominciato a vestire largo, a non allacciare tutti i bottoni, a dire che era ingrassata, ma prima o poi ogni tentativo di celarla sarebbe stato inutile.

Sapeva che a Borgia – nella periferia della cittadina, in una casupola seminascosta dagli alberi – viveva una signora che aiutava le ragazze come lei. Dicevano che infilasse un tubo lì sotto e pompasse dentro acqua e sapone. E che quello ti faceva sparire tutto.

Una notte, piangendo, aveva pensato di bussare alla sua porta e chiederle di lavare il ventre anche a lei. Il giorno dopo però sua madre le aveva domandato di accompagnarla al cimitero, e solo l'idea di lei china a piangere sulla lapide di sua sorella Miriam la convinse che non era cosa. La morte genera sofferenza. E lei non l'avrebbe fatta entrare nella sua esistenza.

Alla fine, in una giornata di luglio, mentre Raffaele la ricopriva di baci, decise di spartire il suo segreto almeno con lui.

Gli prese una mano e gliela portò sul basso ventre. Le labbra le tremavano dal terrore, se lui avesse deciso di abbandonarla sarebbe morta dal dolore, eppure riuscì a mantenere il sorriso mentre gli annunciava che a breve sarebbero stati in tre. Poi Anna annuì, sempre nel silenzio di lui che non sembrava aver tanto capito. Sì, era incinta. Aspettavano un bambino. Già da un po' manteneva il segreto, ma ora la pancia le stava per scoppiare.

Raffaele si tirò di colpo in piedi, senza emettere nemmeno un suono. Prese a camminare avanti e indietro, si accese una sigaretta, fece due boccate a pieni polmoni, mentre tutt'attorno c'erano solo cicale. Poi sollevò lo sguardo verso di lei, che non sapeva se piangere, scappare o semplicemente aspettare. Raffaele aveva gli occhi lucidi e la sua bocca, sì, la sua bocca si aprì in un sorriso inaspettato. Le si buttò addosso, le baciò la pancia, le disse che era stata stupida a non dirglielo subito, che era la notizia più bella del mondo, che sarebbe stato un bambino bellissimo perché lei era bellissima, e un'altra sfilza di frasi una più commovente dell'altra, tranne l'ultima: loro due, lì, a Girifalco non potevano più stare.

«Andiamo a Rimini» le disse. «Potremmo lavorare al ristorante di mio zio: tu servi ai tavoli, io imparo a fare le pizze e mia zia ci tiene il pupo.»

Non era una proposta, era la soluzione. E una migliore di quella, Anna non avrebbe potuto trovarla.

«Ma i tuoi zii saranno d'accordo? Col cattivo sangue che corre tra le nostre famiglie...» chiese Anna.

«Mio zio ci aiuterà, ne sono sicuro. Lui è diverso da quelli che stanno qui... se ne è andato da Girifalco dieci anni fa, ha cambiato mentalità... almeno lui, per fortuna.»

Man mano che passavano i giorni, Anna si diceva che non c'erano alternative. Raffaele, nell'ultimo suo viaggio aveva parlato con lo zio, che si era dimostrato disponibile ad aiutarli, anche contro il parere negativo del fratello. Un posto per il nipote e la sua fidanzatina, lì a Rimini, ci sarebbe sempre stato.

E quando, con la fine dell'estate, la pancia si era fatta sempre più evidente, Anna si decise a parlare con la madre.

Aveva già preparato la valigia: dentro, pochi vestiti, qualche romanzo, il suo diario e la sua inseparabile palla di vetro con il Colosseo e la neve finta dentro.

«Mamma» esordì.

Lei stava lavando i piatti in cucina. Aveva gli occhi segnati da ombre scure e le palpebre gonfie. Quanto stava sveglia di notte a cucire mentre tutti gli altri erano già andati a letto?

«Devo dirti una cosa.»

La donna aveva appena finito di sciacquare un piatto e aveva chiuso il rubinetto. «Dimmi.» Il suo sguardo era allarmato, come se avesse capito dal tono di voce della figlia che erano in arrivo cattive notizie.

E Anna, tentando di non piangere, le fece quel discorso che così tante volte aveva provato davanti allo specchio. Le disse che stava per partire, che andava al Nord con un ragazzo di cui si era innamorata.

«Quando?»
«Adesso, mamma.»
«Come adesso? E chi è?» chiese la donna, sconvolta. Non era arrabbiata, e non piangeva: probabilmente doveva sembrarle uno scherzo.
Anna scosse la testa. Vedere la madre in quello stato era già abbastanza doloroso. Confessarle anche che quel ragazzo era il discendente di un uomo inviso a suo padre sarebbe stato come ucciderla.
C'era però chi già sapeva tutto e non si curava certo di evitarle dei dolori.
Nonna Elsa era sulla porta. Il suo sguardo arcigno puntato su di loro.
«È Raffaele Romeo» disse. «Hai capito, Filomena, con chi se la fa tua figlia? Con il nipote di Agostino Romeo.» Poi, rivolta a Anna: «Credevi che non vi avesse visto nessuno? Fate le vostre zozzerie alla luce del sole e poi sperate di farla franca? Al manicomio ti dovrebbero mandare... altro che al Nord. E non osare tornare a Girifalco, qui non c'è posto per quelle come te».
La madre di Anna era distrutta. Scuoteva il capo, come a dire: «No, no, no, no...». Ma la figlia non poteva aiutarla: ciò che aveva detto nonna Elsa era la pura verità. E il suo silenzio, insieme alla valigia che andò a prendere in camera oltrepassando la nonna ed evitando di incrociare lo sguardo del padre, fu più che eloquente.
Mancava però, in quella sua tacita ammissione, la parte più importante della storia: lei aspettava un bambino.
Avrebbe voluto confessarlo almeno a sua madre ma adesso, lì, con nonna Elsa che la fissava divertita come si guarda un insetto in trappola sulla carta moschicida, Anna riuscì solo ad allungarsi verso di lei e a stamparle un bacio sulla guancia.
«Perdonami, se puoi» le sussurrò.
Prese il suo piccolo bagaglio e uscì di casa per sempre.
Raffaele l'aspettava là fuori.
Anna pianse a lungo, mentre l'automobile la portava lon-

tano da Girifalco, dalla Calabria, dalla sua mamma, da tutto. Prima di quel giorno non aveva mai messo piede fuori dalla sua terra, dove comunque aveva vissuto un'infanzia bellissima. Ripensò ai pranzi al sacco sotto l'ombra degli alberi della Fossa del Lupo, ai bagni nell'acqua cristallina del golfo di Squillace, alle processioni per il Patrono, al profumo della *cuzzupa* o al sapore della *'nduja*, pensò ai suoi genitori, a come li stava lasciando – sua madre distrutta e suo padre disabile, entrambi in balia di quella strega di nonna Elsa – e il senso di colpa le stritolava lo stomaco.

Poi si voltò verso Raffaele, che stava fumando una sigaretta.

«Forse è meglio se spegni quella cosa. Questo odore non piace al nostro ospite!», e si accarezzò la pancia.

Lui gettò il mozzicone dal finestrino, poi le prese la mano. «Non ti preoccupare, staremo bene» le disse.

Anna fece un respiro. Doveva fidarsi almeno di lui. E finalmente si assopì un poco.

«Oddio, Anna» balbettò Rosa, sbiancando in viso. «Tu hai una figlia, ma perché non me lo hai mai detto?»

«Non l'ho mai detto a nessuno» disse Anna.

«Ma perché? Cos'è successo poi? Dove vive, cosa fa? Perché non vi vedete mai?»

«Non so nulla di lei» rispose Anna, gli occhi che le si facevano di nuovo lucidi. «Sono passati quasi quarant'anni dall'ultima volta che l'ho vista... Io... io l'ho abbandonata.»

Buio.

8

Quando il suono della sveglia – uno di quei vecchi modelli che facevano un frastuono metallico infernale – le fece aprire gli occhi, Anna si ritrovò in un bagno di sudore. Nessun incubo, solo un'influenza scampata. La sera prima aveva avvertito brividi in tutto il corpo, si era presa un'aspirina per precauzione e si era coricata sotto strati di coperte. Era stata la soluzione giusta: aveva sudato e sfebbrato, adesso toccandosi la fronte si sentiva decisamente più fresca. Provò ad alzarsi in piedi e infatti la testa non le girava più.

Tirò un sospiro di sollievo. Per quanto ci fossero alcune giovani colleghe che potevano tranquillamente sostituirla in sartoria, era più forte di lei: non avrebbe comunque saltato la registrazione per nessuna ragione al mondo.

Quel giorno doveva andare agli studi nel primo pomeriggio, aveva quindi tempo per sbrigare alcune commissioni: una bolletta da pagare e soprattutto la spesa. Il frigo era più vuoto del solito e Attilio si era fatto fuori l'intera scorta di croccantini al salmone.

Anna si buttò sotto la doccia calda. L'immagine di Gioia a pochi mesi, abbracciata al suo orsacchiotto senza una zampetta, era cristallizzata nella sua mente. Si era chiesta mille volte che aspetto avesse adesso la sua bambina, se era diventata alta o era al contrario una donna minuta, se era magra oppure in carne, se quegli occhi chiari erano rimasti tali o avevano cambiato colore con il passare del tempo. Aveva da poco compiuto quarant'anni, e in cuor suo sperava si fosse creata una famiglia tutta sua, con un marito amorevole e dei figli affezionati.

Ricordò che durante la primissima edizione di «C'è posta per te», a un certo punto aveva persino pensato di consegnare una lettera alla redazione, forse loro sarebbero riusciti a rintracciarla e a far sì che si incontrassero di nuovo.

Ma tutte le volte che si era messa al tavolo con un foglio bianco e la penna fra le dita, non era mai stata capace di andare oltre due o tre righe.

Che diritto aveva lei di irrompere nella vita di una persona che le era stata strappata via quand'era ancora piccina e che forse non sapeva neppure della sua esistenza? Chissà se le avevano tenuto nascoste le sue origini, se sapeva di essere stata adottata... chissà, mille chissà su quella bambina che non aveva avuto il coraggio di cercare e che oggi era una donna fatta e finita.

Sì, la vita era stata crudele con Anna e lei all'epoca era poco più di una ragazzina confusa; ma non riusciva a togliersi dalla mente che la colpa era sua, solo sua, se le loro strade si erano divise tanto drammaticamente.

Tutto cominciò con quello schiaffo, il giorno in cui fece ritorno a Rimini dopo il funerale di sua madre, che era stata investita tragicamente da un camion, proprio mentre tornava dalle sue preghiere al cimitero. Ironia della sorte, si direbbe.

Anna lo aveva saputo da una vecchia amica di famiglia e di sua madre e, non appena era venuta al corrente della disgrazia, aveva preso in braccio la sua bambina e si era catapultata in Calabria.

Se avesse dovuto stabilire l'inizio preciso del suo inferno sulla terra, quello era il preludio.

Dalla Calabria, a funerale avvenuto, aveva telefonato a Raffaele, chiedendogli di venire a prendere lei e Gioia alla stazione dei treni. La sua valigia pesava, non aveva con sé il passeggino, e le attendeva un viaggio infinito...

«Alle otto allora?»
«Sì, Raffaele, grazie. Tu stai bene?»
Non aveva finito la frase che lui aveva riattaccato la cornetta, senza dirle una parola, nemmeno per salutarla. Era scocciato, evidente, come se farle quel favore di andarle a prendere gli fosse di gran peso. Come se riabbracciare lei e sua figlia dopo una settimana di assenza gli fosse completamente indifferente.
Quando Anna scese dalla carrozza, aiutata da una signora conosciuta lungo il tragitto, non trovò però nessuno ad aspettarla.
Guardò l'orologio della stazione. Erano le nove, il treno era arrivato in ritardo di un'ora e non aveva potuto avvertire Raffaele. Quindi si diresse alla prima cabina telefonica. Lasciò la valigia fuori ed entrò con Gioia in braccio. Per fortuna aveva con sé qualche gettone.
Compose il numero del ristorante.
«Pronto?» rispose la voce della moglie dello zio di Raffaele.
«Ciao Lara, sono Anna. Sono alla stazione di Rimini, non vedo Raffaele e allora...»
«È venuto e poi se n'è andato, cosa vuoi, non poteva aspettare tutto quel tempo: c'è un sacco di lavoro da fare qui» urlò la donna, cercando di sovrastare con la voce i rumori del ristorante, che a quell'ora era in pieno fermento.
Anna fu tentata di chiederle se poteva passare a prenderla lei, per aiutarla con la valigia e con la bambina. Era stanchissima e dalla stazione al ristorante c'erano tre chilometri di strada da fare, nemmeno un autobus passava a quell'ora, e faceva buio e c'era la nebbia, senza contare che con tutti quei pesi non ce l'avrebbe mai fatta. Ma preferì tacere. Se Lara avesse voluto darle una mano, si sarebbe proposta lei stessa. E invece, quella, se ne guardò bene dal farlo.
«Gli potresti dire almeno che sto arrivando?»
«Ora è in sala, appena lo vedo glielo dico.»
Clic. Il telefono sbattuto in faccia. Un'altra persona che la trattava con distacco. Anna provò una fitta di rabbia. E una sensazione di profonda solitudine ma anche di ingiusti-

zia. Niente di nuovo per lei, per carità, erano mesi che la vita aveva smesso di tenerle compagnia facendola ridere. Qualcosa si era perso, non aveva capito quando e perché, ma Raffaele non era più lo stesso. A volte, le metteva persino soggezione.

Con Gioia in braccio e trascinando la valigia con la mano libera, Anna si mise in cammino.

Ogni tanto si fermava su qualche panchina per riprendere fiato o cambiare braccio. Ormai Gioia cominciava a essere pesantuccia.

Ci impiegò un'ora per arrivare al ristorante. Entrò dall'ingresso laterale, e ad accoglierla trovò il volto immusonito di Lara.

«Ah, sei qui.»

«Raffaele?»

«È ancora di là in sala. Non disturbarlo, aspettalo su.»

Anna fissò la donna. Non si aspettava certo un abbraccio, ma era di ritorno da un lungo viaggio e soprattutto dal funerale di sua madre. A nessuno però sembrava minimamente interessare. Non una domanda, non una carineria, nemmeno un bicchiere d'acqua per lei o per la piccolina.

Lo stanzino di sopra dove abitava con Raffaele le parve ancora più angusto e disordinato di come lo aveva lasciato. Il letto era sfatto e c'erano vestiti e fumetti sparsi su tutto il pavimento. Persino le cicche delle sigarette non stavano al posto loro, in un posacenere, ma erano tutte infilate nella terra di un vasetto di fiori sul davanzale.

Adagiò Gioia nella sua culla, poi andò alla finestra. In silenzio, con lo sguardo oltre il vetro, pianse tutta la frustrazione che aveva dentro. Sua madre – l'unica persona al mondo alla quale si sentiva legata da un affetto profondo – era morta sola, e lei viveva in un posto in cui l'amore non era di casa. Lara era una donna fredda, insensibile, lo zio di Raffaele faceva finta che lei non esistesse neppure, e Raffaele non era più la stessa persona.

«Ah, eccoti.»

Il suono della sua voce la fece trasalire.

Anna si voltò, Raffaele era lì, sudato, spettinato, la barba incolta, la sigaretta in bocca e una bottiglia di birra in mano.

«Raffaele» disse andandogli incontro. «Mi dispiace, il treno è arrivato in ritardo e non sapevo come avvertirti...»

Il suo uomo, notò, la stava fissando con uno sguardo truce.

«C-che c'è?» fece lei agitata.

Lui mostrò la scatola di latta dentro la quale teneva i suoi soldi e la scosse davanti ai suoi occhi. «Non farlo mai più!» sibilò.

«Ma Raffaele... dovevo andare al funerale di mia madre... poi te li ridarò, mi servivano per il treno... ho preso solo cinquantamila lire, per il resto ho usato i miei... ti prego, poi, non fumare in stanza quando c'è Gioia...»

«Non me ne frega niente del funerale di tua madre, non me ne frega niente se c'è Gioia! Io sono rimasto senza soldi, e non deve succedere mai più.»

Anna lo sapeva che da mesi quello di cui fregava a Raffaele erano solo le serate al bar, nel retrobottega, a giocare d'azzardo. Ma lo sguardo che aveva quella sera, così cattivo, non l'aveva visto mai.

«M-mi spiace, era un'emergenza. Te li ridarò subito. Però adesso per favore, spegni quella sigaretta, che la bambina ha pure un po' d'asma.»

Non fece in tempo a finire la frase, che sentì un forte calore sulla guancia, un calore che si trasformò immediatamente in un dolore. Un secondo dopo aveva perso l'equilibrio e cadeva in avanti, andando a sbattere con lo zigomo contro lo spigolo del mobile.

Anna non urlò. Si portò la mano alla guancia e, quando la ritrasse, vide che era sporca di sangue. Guardò Raffaele con orrore. Poi si fiondò in bagno per disinfettarsi, ma subito si accorse che non era una ferita superficiale. E che il sangue non accennava a fermarsi.

«Portami in ospedale» sussurrò uscendo dal bagno con un asciugamano bianco pigiato contro lo zigomo.

«Niente ospedale» era stata la prima reazione di Raffaele.

Ma quando Anna aveva scostato l'asciugamano dal volto, mostrandogli il buco profondo nella pelle, si era arreso. L'avrebbe accompagnata al pronto soccorso, doveva essere cucita, a patto che lei se ne stesse zitta e muta. Anna annuì con la testa, ci era finita quattro volte in due mesi e aveva sempre accampato delle scuse credibili all'infermeria: una volta si era lussata una spalla perché le era caduta una libreria addosso, un'altra volta le avevano dovuto dare cinque punti in testa perché aveva sbattuto cadendo dalla bici. E così via.

Si diventa brave a inventare storie quando si ha paura. E lei, anche se non voleva ammetterlo come tutte le donne innamorate, viveva ormai nel terrore.

Anna si guardava nello specchio del suo appartamento in fondo alla Tiburtina. Quarant'anni dopo la cicatrice nemmeno si riconosceva più, confusa ormai fra rughe e macchie dell'età. Per tanti anni però quel buco ricucito aveva segnato il suo viso e anche l'inizio della fine della sua vita da quasi moglie e da madre.

Era stato quel giorno in ospedale che aveva incontrato suor Paola, una donna dalle guance cadenti con palpebre ancora più appesantite e con quel colore della pelle che spesso hanno le sorelle: tra il verdolino scuro e il beige spento. Però, a dispetto dell'aspetto dimesso, la suora emanava un'incredibile energia.

Raffaele era rimasto in macchina con la bimba ad aspettarla, ma prima aveva stabilito la versione dei fatti che Anna avrebbe dovuto fornire ai medici: era scivolata dalla scala mentre puliva i vetri di casa e aveva sbattuto la faccia contro un tavolino con il classico spigolo. Insomma, un quadretto da casalinga disperata.

E questo era ciò che Anna aveva ripetuto fedelmente ai dottori che le medicavano la ferita e le cucivano i punti. Il copione lo aveva imparato alla perfezione, ma l'intonazione non era così convincente. Oltre al fatto che ormai la conoscevano bene in quel pronto soccorso.

«Ne è sicura, signora? Quindi è stato un incidente?»

«Sì, un incidente» rispose guardando nel vuoto.

Poi, quando era uscita dall'ambulatorio con la benda a coprirle lo zigomo, aveva intercettato lo sguardo di quella suora e si era sentita come attraversata dentro l'anima.

Suor Paola le si era avvicinata: «Uh, poveretta, ci devi avere un bel taglio lì sotto, va che popo' di cerottone che t'hanno messo...».

Anna aveva cercato di stiracchiare un sorriso, ma il dolore le impediva di muovere i muscoli del volto.

«Sono caduta sì... contro un tavolino, mannaggia...»

La suora si guardava intorno con fare indagatore.

«E lui dov'è?»

«L-lui chi?»

«Il tuo uomo. Non vedo nessuna fede al dito, ma sicuramente hai qualcuno che ti aspetta a casa.»

«Ah, lui... no, mi aspetta in macchina. Mi tiene la bambina. Sempre meglio non portare i piccolini in ospedale, che non si sa mai...» Mentre parlava, Anna se lo immaginava, il suo uomo maledetto, a fumare dentro l'abitacolo, spazientito, con la radio a mille che trasmetteva i risultati delle partite, fregandosene altamente di Gioia che sicuramente strillava in lacrime il nome «mamma» sul sedile posteriore.

«E non c'entra niente lui con la tua ferita?» incalzava la suora.

«Come dice?»

Fu in quel momento che la donna si presentò: «Sono suor Paola. Puoi trovarmi qui il martedì e il giovedì fino alle dieci di sera. Non è la prima volta che ti vedo. Ecco, se dovessi di nuovo... *cadere*... vieni da me. Posso darti una mano. Non saresti la prima e nemmeno l'ultima».

C'era una scintilla in quegli occhi all'apparenza spenti, che per un momento aveva frantumato le difese di Anna. Se suor Paola avesse insistito un altro poco, sarebbe scoppiata in lacrime, gridando tutta la sua paura e la sua frustrazione. I punti sullo zigomo bruciavano come la sensazione di essere finita in una storia sbagliata, con un uomo sbagliato, con una figlia da crescere senza avere la forza per farlo. Aveva tradito sua madre e persino suo padre. Era succube di tutto, era giovane e debole. E ora quell'incontro incredibile. Quella suora le pareva un angelo, sembrava dirle: «Non avere paura, ti aiuto io, passerà vedrai...».

E nell'istante in cui Anna stava per cedere all'idea di confidarsi, ecco che la suora fu richiamata dall'arrivo di due donne che sembravano venute su appuntamento. Quindi si voltò e, scusandosi, abbandonò Anna e la sua disperata voglia di chiedere aiuto.

Dandosi un ultimo sguardo nello specchio di casa, Anna ripensò a quel momento. Se non avesse conosciuto suor Paola, forse la sua vita sarebbe andata diversamente. Forse lei e Gioia non si sarebbero separate mai, o forse Raffaele avrebbe finito per ammazzarle entrambe in uno dei suoi tanti raptus quando era alterato dall'alcol. Insomma, il «gioco del se», fatto tanti anni dopo, non aveva senso. Le cose potevano andare peggio o meglio, ma non erano andate né peggio né meglio. Erano andate come erano andate e da quarant'anni nessuno dei protagonisti di quegli eventi si era mai preso la briga di alzare il coperchio su quel pentolone pieno di parole non dette. Una cosa era certa, però. Quello non era il momento di farlo: aveva delle commissioni da sbrigare e nel primissimo pomeriggio l'aspettavano agli studi per le registrazioni.

Stava prendendosi un caffè alla macchinetta della sartoria, quando la voce del redattore la richiamò. L'ospite era arrivata già da un po', bisognava sistemarle giacca e pantaloni. Poteva quindi salire in camerino? Ma, per cortesia, in fretta. Anna non finì nemmeno il caffè, non le piaceva che le si muovessero delle osservazioni. Che qualcuno potesse anche solo lontanamente richiamarla era per lei inconcepibile.

Scosse la testa e sparì dalla sartoria portandosi dietro il nécessaire per fare orli e pince.

Jessica, l'ospite, era una ragazza dall'aria molto più matura dei suoi ventotto anni. Questa fu la prima impressione che Anna ebbe appena la vide. Doveva essere stata la malattia a farla crescere tanto in fretta. Di lei sapeva, da certi discorsi fatti in redazione giorni prima, che a vent'anni le era stata diagnosticata una leucemia fulminante. Un guaio serio, insomma, di quelli che spesso non perdonano. Eppure, eccola ancora lì, splendida e vivace, e a sentir lei era tutto merito di sua mamma Francesca, a cui ora la ragazza voleva dire il suo immenso «grazie».

«Buongiorno, mi chiamo Jessica. Lei deve essere la sarta...» la salutò con un sorriso timido, abbassando lievemente la testa.

«Buongiorno, cara» ricambiò Anna, riconoscendo un accento cosentino. «Anche tu calabrese?»

«Sì, di Castiglione Cosentino» si illuminò la ragazza. «Lo conosce?»

«Di nome, certo. Io sono originaria della provincia di Catanzaro, ma ormai sono tanti anni che non scendo.»

«E come mai? Non ha parenti?»

«No. O meglio, ne ho pochi. E con quei pochi, insomma, non c'ho tanta confidenza. Si perde, stando lontani... Non basta il sangue, tante volte, a farti sentire affine» disse Anna. Ed era la verità.

Girifalco per lei era come un universo lontano, in cui non le restava nulla, se non delle tombe su cui piangere. I parenti morti erano gli unici che le stavano a cuore. I vivi no, proprio per niente.

Anna si chinò per prendere la misura del pantalone.

«Se dovesse mai venire al mio paese, passi al nostro negozio di bomboniere, così le faccio assaggiare qualche buon confetto.»

Come sentì «negozio di bomboniere», Anna si ricordò per filo e per segno la vicenda di Jessica. L'aveva letta con attenzione sui fogli ritrovati nello stanzino delle fotocopie, dal primo fax pervenuto in redazione a tutte le conversazioni trascritte che aveva avuto con il redattore del programma.

Jessica aveva scoperto quella malattia dal nome terribile, leucemia acuta fulminante, quando studiava Economia all'università. Era stata come una tempesta nella sua vita spensierata, fatta di uscite con gli amici e di serate in discoteca, oltre che di studio. Era tornata da poche settimane da un villaggio vacanze in cui aveva lavorato come animatrice, quando una mattina, appena sveglia, aveva notato delle macchie sulle gambe simili a lividi. Da una gamba le usciva addirittura del sangue, tanto che la madre la convinse ad andare dal medico di base. Lui si era subito insospettito e l'aveva mandata di corsa in ospedale per fare degli accertamenti.

Il valore degli esami ai quali si sottopose risultarono tutti sballati, e, dopo essere stata trasferita al centro ematologico di Reggio Calabria, la sentenza fu terribile. Il suo midollo era molto malato. I primi quindici giorni sarebbero stati determinanti: se Jessica avesse lottato con tutta se stessa, forse ce l'avrebbe fatta.

A darle per prima la forza era stata sua madre, che con gli occhi ancora increduli aveva detto: «Io e te ce la faremo, vedrai amore, ne usciremo». Jessica l'aveva guardata e aveva detto semplicemente: «Sì».

Cominciava quel giorno un vero calvario, fatto di capelli che cadevano a ciocche, la bocca che sapeva di veleno, il corpo che si gonfiava sotto il bombardamento chimico.

Ma Jessica rispondeva bene, a livello di umore. «Mamma era sempre con me e, anche se avevo paura, cercavo di affrontare tutto» raccontava alla redattrice.

La terapia fu peggio di quanto avesse immaginato e, giorno dopo giorno, in ospedale, stava sempre più male. Aveva la nausea, il vomito, le afte in bocca e non riusciva a parlare.

Il primo ricovero durò trentatré giorni, ma ne seguirono molti altri per i successivi sette mesi. Sembrava tutto inutile, la malattia non retrocedeva, e il suo sistema immunitario era talmente debole che spesso cadeva vittima di infezioni. Infezioni innocue per le persone sane, ma pericolosissime per lei.

In ospedale, quando Jessica non era all'interno della camera sterile, poteva ricevere visite e la sua mamma non si allontanò un istante da lei. Poi però capitavano giorni terribili in cui Jessica non controllava i nervi e aveva veri e propri scatti d'ira, soprattutto in presenza di Francesca, come quella volta che, solo perché non si ricordava il PIN, scagliò il cellulare per terra, sotto gli occhi esterrefatti della donna.

Ma la madre non si spaventava di fronte a nulla. Sapeva che doveva essere forte per la figlia. E dal momento che Jessica era una ragazza vulcanica, la donna la incoraggiò – nei momenti in cui era possibile – ad andare in ludoteca con gli altri giovani ricoverati a giocare, dipingere, fare lavoretti. Insomma, distrarsi.

Fu così che Jessica riuscì a fare amicizia con qualche ragazzo del reparto. In breve tempo, diventarono come compagni di scuola, anziché di ospedale... solo il destino maledetto ogni tanto arrivava e colpiva uno di loro ridimensionando la loro voglia di «non pensarci». Ne morirono diversi di quei giovani ricoverati insieme a lei, e ogni volta pensava: "Perché lui sì e io no? Perché c'è chi si merita di vivere e chi no? Ma soprattutto, perché esiste un Dio che fa morire da giovani, quando sei solo all'inizio del tuo viaggio?".

Jessica con i suoi compagni di padiglione condivideva una quotidianità fatta di piccoli gesti, come scambiarsi i biscotti dal letto, oppure farsi sgridare dai medici per le soste in corridoio. E si rideva per non piangere. Perché tutte quelle cure pure le lacrime ti avvelenavano.

«Per me era veramente dura» raccontava Jessica. «Chiamavo mamma in continuazione e lei c'era sempre. Mi diceva: "Dài, amore mio, vedrai che adesso passa, stai tranquilla". Poi andava giù al bar e mi comprava gelati alla fragola o al limone, per farmi stare meglio.»

Con la madre, Jessica cercava di piangere poco, era come se avesse attivato una sorta di protezione nei suoi confronti. Ma certi giorni il dolore fisico era davvero insopportabile: quando il midollo ricresce, è come se si affrontassero ventiquattro parti l'uno di seguito all'altro. E lì era dura. Perché poi c'era comunque sempre la paura. Quella paura di morire, ché non sapevi mai se e quando sarebbe toccato a te.

Jessica l'aveva provata soprattutto durante il secondo ricovero, quando le era salita la febbre a quarantadue e l'avevano dovuta avvolgere in una coperta termica per raffreddare il corpo e le avevano infilato dei tamponi ghiacciati nel naso. Di quei momenti aveva pochi ricordi, la mente era completamente annebbiata, ma una voce riusciva a raggiungerla. Quella voce diceva: «Non mollare», ed era la voce di sua madre. E lei, da brava figlia, ubbidì. Uscì dal coma e venne trasportata nella camera sterile.

Mancavano pochi giorni a Natale, parenti e amici arrivarono, ma poté vederli solo attraverso il vetro. In quel momento, mentre le sue difese immunitarie erano a zero, aveva pensato che potesse davvero essere il suo ultimo Natale.

Il giorno dopo, un nuovo tracollo: aveva la polmonite. La portarono a fare una TAC d'urgenza, quindi la trasferirono in un altro reparto. Sdraiata nel suo letto, ricordava gli occhi di mamma che la seguivano, che la incoraggiavano anche senza parlare. E si fece forza.

Pochi giorni dopo per miracolo riuscì a passare il Capodanno a casa. Le stanze erano addobbate a festa, una zia aveva preparato da mangiare e lei poté godersi i fuochi d'artificio dal balcone. Una parentesi di normalità che però durò troppo poco: tre giorni dopo era di nuovo in ospedale a Reggio Calabria per un altro ciclo di chemioterapia.

Le cose cominciarono a migliorare solo in estate. Pochi giorni prima di far definitivamente ritorno a casa, Jessica radunò gli amici conosciuti in ospedale e le loro mamme, e insieme a loro scrisse su un muro della ludoteca: «E quindi uscimmo a riveder le stelle...». Una frase di speranza, ultimo verso dell'*Inferno* di Dante, poesia simbolo di quella reclusione forzata, visto che dalle finestre di quell'ospedale le stelle non si potevano mai vedere, nascoste da un altissimo muro di un altro padiglione.

«Riveder le stelle» significava anche guarire, avere un futuro, investire in una nuova prospettiva di vita. Ma c'era ancora da lottare, e lottare duro, con la terapia di mantenimento, per cui doveva tornare in ospedale almeno una volta alla settimana.

La sua vita, però, non tornò quella di prima: anche un semplice raffreddore poteva essere estremamente pericoloso. E anche il rapporto con le amiche non era tornato quello di un tempo: loro parlavano del parrucchiere mentre lei era calva, oppure proponevano di andare al mare quando lei non poteva prendere il sole per via della chemio.

Ci vollero altri tre anni per completare i cicli di chemioterapia. Tre anni in cui sua madre rimase sempre al suo fianco.

E in cui la loro relazione era cambiata, maturata. «Prima della malattia» raccontava Jessica «avevamo un rapporto più freddo. Lei era una di quelle mamme preoccupatissime per il rendimento scolastico, e mi diceva sempre cosa andava fatto e cosa no. Non avevamo molti momenti di intimità da trascorrere insieme. Dopo quello che è successo ci siamo avvicinate, ma io mi sono sciolta piano, e ancora sento che non riesco a dirle tutto ciò che vorrei, a dimostrarle la mia gratitudine.»

Anna finì di appuntare due pince sulla vita della giacchina, sollevò lo sguardo verso la ragazza, che pareva aspettare da parte sua una risposta. Di cosa stavano parlando? Ah, giusto, il negozio di bomboniere.

«Non è detto che non torni in Calabria, prima o poi. E allora passerò sicuramente a trovarvi.»

Anna sorrise e le due rimasero in silenzio per qualche istante.

«Finisco una piccola modifica al pantalone ed è pronto» disse. «Puoi rivestirti.»

«Grazie, signora.»

«Figurati. E spero che tua madre sia felicissima della sorpresa. Chi le farete incontrare?»

«Gabriel Garko» rispose Jessica raggiante. «Lei lo adora, non si perde una sua fiction. Già immagino la faccia che farà quando lo vedrà comparire.»

«Ma sono sicura che sarà ancora più felice per le parole che le dirai tu» disse Anna facendole una carezza sul viso, e subito si stupì di se stessa.

«Ha figli, signora?»

Anna rimase con la bocca semiaperta per qualche istante. Poi alla fine mormorò: «Sì, una».

Ed era come se un'altra persona parlasse attraverso il suo corpo. La persona che, in realtà, lei voleva essere, quella donna sincera e col cuore traboccante d'affetto, che non aveva paura di nascondere i propri sentimenti e il proprio passato.

«Voi mamme siete i nostri angeli. Io sono qui per dire grazie alla mia di mamma. Ma è un inno a tutte voi, che siete davvero i veri eroi.»

Non appena la ragazza uscì dal camerino, Anna si sentì mancare e dovette sedersi. Lei non si meritava nessun inno. Ricordava ancora bene tutto quello che era successo dopo l'ultimo viaggio al pronto soccorso.

Raffaele, invece di redimersi, aveva sempre di più coltivato la passione del gioco d'azzardo e dell'alcol, e di nuovo erano volate le mani. Anna aveva imparato a ingoiare ogni umiliazione senza protestare. D'altronde, si diceva, dove poteva andare? Una mamma non ce l'aveva più, e di certo nonna Elsa non l'avrebbe ripresa a casa insieme a sua figlia, la «bastarda», già così l'aveva apostrofata quando era apparsa a Girifalco, per il funerale di sua madre. Forse il padre si sarebbe lasciato intenerire – in fondo era sempre stato un uomo buono, di cui Anna aveva ricordi a tratti commoventi – ma era in completa balia della madre e quindi era come non averlo.

L'unica soluzione le sembrava quella di mandare giù gli abusi e le umiliazioni, che ora giungevano anche da parte dello zio di Raffaele e di Lara, i quali pretesero tornasse ad aiutare con le pulizie nel ristorante.

«Cosa credi, che manteniamo te e quella bambina?»

Gioia, che ormai aveva un anno e mezzo, poteva stare nel box su in cameretta mentre lei ramazzava i pavimenti del ristorante e della cucina, e lavava i pentoloni e faceva e disfaceva lavastoviglie. Fin quando, una sera, aveva provato a lamentarsene con Raffaele. «Non posso stare tutto il giorno al ristorante, non senti che Gioia piange senza sosta? Io la sento fin dalla cucina. Non le fa bene, poverina, ogni giorno è sempre più nervosa. E non mi mangia più come prima...»

Il ragazzo, senza alcun preavviso, era sbottato con una violenza inaudita. Prima aveva cominciato a urlare: «Io non ne posso più di voi due! Mi avete rotto!», poi aveva preso a battersi il petto con le mani chiuse a pugno, e anche la testa si batteva, in preda a un attacco di ira sconsiderato.

Anna lo guardava atterrita, non sapendo cosa aspettarsi. Ma nulla l'avrebbe preparata a ciò che stava per succedere.

Raffaele le si avvicinò. Anna sentì il suo fiato che sapeva di vino scadente e sigarette. Lui le afferrò le spalle e la sbatté con foga contro la parete. Una volta. Due volte. Tre volte. Per finire con un pugno dritto in viso.

Poi, attirato dalle urla assordati di Gioia, tirò un calcio alla culla, scalzandola dalla base e facendola sbattere contro il muro. Non pago, afferrò la palla di neve con il Colosseo dentro, che Anna teneva sul comodino, e la scagliò contro la culla.

Anna gridò con tutto il fiato nel petto, si precipitò alla culla, la raddrizzò impanicata e vide che grazie a Dio sua figlia stava bene, anche se piangeva spaventata a morte. A terra i pezzi di vetro, il Colosseo rovesciato, la neve finta nella pozza liquida. Non poteva essere un caso. Tutto rotto. Tutto finito.

Si portò la mano al volto. Le faceva male dalla testa fino ai piedi, non riusciva a capire dove Raffaele l'avesse colpita. Si guardò allo specchio delle ante dell'armadio e si rese conto che il pugno le aveva centrato di nuovo lo zigomo, quello su cui la cicatrice si era appena rimarginata. E che ora aveva ripreso a sanguinare.

Cominciò a tremare, pervasa da un'improvvisa paura: paura di tutto, la stanza era deformata attorno a lei, e anche i suoni le arrivavano ovattati.

Anni dopo avrebbe capito che quello era stato un «attacco di panico».

Ma una volta terminato – erano passati due minuti, oppure

mezz'ora, non avrebbe saputo dirlo – Anna vide chiara, nella sua mente, un'immagine. Anzi, due. Sua madre Filomena, che l'accarezzava cantandole la ninna nanna, e suor Paola.

«Se dovessi di nuovo... *cadere*... vieni da me. Posso darti una mano.»

Quelle parole risuonarono nella sua testa. Non sarebbe più *caduta*. Non avrebbe più fatto correre alcun rischio alla sua bambina.

Le giornate che seguirono segnarono per sempre la vita di Anna e di Gioia.

Non si rendeva conto che ciò che stava facendo – chiedere l'aiuto di suor Paola, far intervenire gli assistenti sociali – avrebbe scatenato l'ira di Raffaele e della sua famiglia, che vomitarono su di lei ogni peggiore nefandezza. Dicevano che era troppo giovane per fare la madre, che non sapeva neppure cambiare un pannolino e che la bambina urlava giorno e notte perché lei stava sempre al telefono con le sue amiche o addirittura usciva per andare a ballare. Ovviamente per non saper né leggere né scrivere, Gioia venne affidata a una famiglia della quale non conosceva cognome né città di provenienza, e per Anna fu la fine del mondo.

Da vittima diventò uno dei carnefici. Un vero incubo. Ma quando ti mancano gli strumenti, il mondo può fare di te polpette. Non aveva studiato, aveva poco più di diciott'anni, era sotto shock per la morte della madre oltre che per il disastro della sua vita con Raffaele, insomma era un povero diavolo e si meritava solo l'inferno.

Anna non riusciva nemmeno a comprendere le parole degli assistenti sociali quando le spiegavano che quella cosa dal nome tanto complicato, «limitazione della potestà genitoriale», era una scelta straordinaria a tutela del minore. Ma che se un giorno avesse dimostrato di essere in grado di badare da sola alla bambina, tutto si sarebbe risolto. Sarebbero potute tornare insieme.

Anna capiva solamente che lei, come madre, aveva fallito, e che non era stata capace di proteggere sua figlia. E che gliel'avevano portata via: un viaggio straziante di sola andata senza ritorno. Che aveva fallito anche in amore perché Raffaele era sparito, pure lui senza lasciare detto dove e come e perché.

Così, con poche lire in tasca e una valigia con pochi stracci, Anna aveva telefonato all'unica persona al mondo che avrebbe forse potuto aiutarla: la vecchia amica di sua madre le voleva bene come a una figlia. Chissà, magari un consiglio glielo avrebbe dato.

Infatti la donna le disse che poteva raggiungere Rita, la sua primogenita, che viveva a Roma da un annetto, e di sicuro in quella grande città qualcosa da fare lo avrebbe trovato. Per un breve periodo l'avrebbe potuta ospitare a casa sua, poi però si sarebbe dovuta arrangiare altrove.

Quando Anna scese a Roma Termini tutto le parve immenso: la stazione era gigantesca, e così il piazzale antistante. Automobili nervose, viaggiatori che trascinavano le proprie valigie, venditori ambulanti chiassosi, poliziotti armati, pullman turistici inquinanti e stormi in cielo di uccelli pazzi. Niente a che vedere con Girifalco, ma nemmeno con Rimini, che al confronto era solo un paesello.

Ecco, quella era la sua nuova vita. Una vita che non aveva alcuna voglia di vivere ma che non poteva mollare. Aveva perso la sua Gioia. Di nome e di fatto.

E vivere nel sacrificio sarebbe stato l'unico modo per provare a scontare le sue colpe.

Dopotutto, che cos'è il dolore? Uno strappo, una lacerazione, qualcosa che prima era integro e che poi si è infranto, e che anche a ricucirlo non sarà più lo stesso.

Anna era un dolore vivente e pensava che lo sarebbe stata sino alla fine dei suoi giorni.

9

Aveva appena detto a Rosa che quella sera non avrebbero guardato «C'è posta» insieme, ma adesso, sola in cucina, con quel pugno di riso messo a bollire sul fornello e Attilio che sonnecchiava in poltrona, se ne stava già pentendo. È che proprio non si dava pace per ciò che era successo agli studi.

Per la prima volta nella sua vita, Anna aveva commesso un errore di distrazione sul lavoro. Uno di quelli che non ci si aspetta da una navigata come lei. Per carità, era corsa ai ripari in tempi record, ma non abbastanza da evitare un disagio non indifferente alla produzione. Per colpa sua c'era stato un ritardo di mezz'ora sulla vestizione dei bambini, e quindi sull'inizio della registrazione: una macchia indelebile sulla sua fedina professionale, arrivata immacolata dopo ben quarant'anni di taglio e cucito.

Per ovviare all'errore di Anna, la costumista aveva chiamato in soccorso anche Lisa, la giovane sarta che era stata assunta due mesi prima e che era in supporto a «Uomini e donne». Lisa era la nipote di Rossella e aveva ottenuto un colloquio con la costumista del programma senza lista d'attesa. Non era dato sapere se fosse stato per grazia del curriculum o della parentela, ma la giovane sartina era stata messa in prova in sartoria, fino a ottenere un contratto a tempo indeterminato il mese successivo. Ironia della sorte, la costumista aveva chiesto proprio ad Anna di farle da tutor, e per un mese

Lisa aveva vissuto sotto l'ala protettrice della sarta storica che le aveva insegnato tantissimo, senza però mai ricevere nemmeno un «grazie» di ritorno. Alcune colleghe avevano persino riferito ad Anna che ogni volta che poteva, quella Lisa metteva in cattiva luce proprio loro, le collaboratrici più anziane, soprattutto quando parlava con il produttore o la costumista stessa. E lo faceva alle spalle, perché in apparenza aveva modi estremamente gentili con tutti. Soprattutto con Anna. Quel tipo di gentilezza che, alla lunga, diventa sospetta. Insomma, la classica biscia che striscia e alla fine ti frega.

Anna ci aveva messo un bel po' a farsi un'idea di quanto fosse effettivamente subdola quella giovane collega. Se già non si fidava delle persone che sorridevano troppo, quel sabato non aveva apprezzato affatto come Lisa si fosse guadagnata il titolo di «salvatrice» del programma. Non aveva fatto nulla di che, quella ragazza, eppure sembrava che senza il suo apporto non avrebbero mai fatto in tempo a registrare la nuova lettera di Maria, con gli otto angioletti in scena vestiti di tutto punto.

«Anna, sarai un po' stanca, forse ti stiamo caricando troppo...» le aveva detto la costumista, entrando in sartoria. Nel suo sguardo nessun rimprovero esagerato, semmai una punta di preoccupazione. Anna si era tirata su dalla sedia di scatto, ancora agitata. «Ma no, è che davvero non avevo capito. Mi ero segnata tre costumi da angioletto e invece la redattrice mi ha detto che ne avevano chiesti otto. Proprio non l'avevo capito...»

A quel punto s'intromise Lisa, senza che nessuno l'avesse interpellata, con il suo immancabile sorriso da santarella. «Per fortuna di stoffa ne ordino sempre un po' di più e per le ali ho rimediato del fil di ferro in scenografia. È stata davvero una buona idea, ci abbiamo messo un attimo a modellare la scocca e poi a ricoprirla di bambagia, vero Annina?»

Anna amava essere chiamata "Annina", d'altronde era così che la chiamava sempre la sua mamma; però se lo faceva Lisa, le veniva il prurito alle mani. E comunque non era andata assolutamente così. Gli ordini della stoffa ai fornitori li faceva Lisa, è vero, ma i quantitativi glieli dettava sempre lei. E l'idea del fil di ferro non era stata affatto sua. L'aveva già adottata Anna per confezionare altri costumi e l'aveva insegnato a Lisa durante il periodo di prova, quindi a dirla tutta quello era un merito a metà. Ma Anna non fece in tempo a replicare che la costumista aveva già appoggiato una mano sulla spalla della ragazza.

«Può succedere anche alle migliori di fare un errore. D'altronde solo chi non fa non sbaglia. E poi alla nostra età, Annina, mica si può pretendere... Per fortuna abbiamo Lisa con noi, così brava che lo dicevo l'altro giorno col produttore: il giorno che ti sarai stancata di noi, dovrai regalare a lei la tua macchina da cucire!».

Cosa, cosa, cosa? Cosa aveva detto? Dall'espressione compiaciuta di Lisa, qualcosa di estremamente irritante. Anche se Lisa aveva le doti per fare bene il mestiere di sarta, Anna avrebbe lasciato in eredità la sua macchina da cucire solo il giorno in cui sarebbe passata a miglior vita. E non prima. E solo per fare dispetto a Lisa, si sarebbe impegnata a campare per almeno altri cent'anni!

Stava diventando davvero difficile quella convivenza in sartoria. Malediceva il giorno in cui Rossella aveva portato lì sua nipote: quella ragazzetta, oltre a cucire bene, sgomitava meglio di tutte. Avrebbe fatto carte false pur di ottenere il ruolo che aveva Anna, e cioè quello di essere l'ombra della signora Maria nei giorni di registrazione. Insomma, Lisa minava il suo orto ogni giorno di più, e questo non la faceva stare per nulla tranquilla. Se mai l'avesse scalzata, se mai l'avesse rimpiazzata facendole perdere il suo lavoro, la vita di Anna sarebbe andata a pezzi. Parliamoci chiaro: chi avrebbe voluto dare un'opportunità a una della sua età e, per giunta, con quel carattere spigoloso?

Era una sensazione, quella, che conosceva bene. Quando era arrivata a Roma, tanti anni prima, si era sentita esattamente allo stesso modo: messa in un angolo, senza via d'uscita, angosciata.

Ad accoglierla in quella città c'era stata solo Rita, la figlia dell'amica di sua madre, che non aveva mai conosciuto, ma che le aveva offerto un divano-letto nel suo piccolo appartamento sulla Prenestina, a patto che le desse una mano in casa. Rita viveva sola, aveva trentacinque anni e non si era mai sposata. Era iscritta alle liste per le supplenze alle scuole elementari, ma dato che il telefono suonava di rado, si arrangiava facendo la bambinaia per una famiglia del quartiere Monti: ogni pomeriggio andava a prendere i due ragazzini a scuola e stava con loro finché la madre rincasava.

«Qui a Roma bisogna darsi da fare» aveva detto Rita una sera. «Se ti impegni e non sei schizzinosa qualche lavoretto lo trovi sempre. Io ho studiato per diventare maestra e alla fine faccio la tata. Ma sono fiduciosa.»

Anna ci stava bene con Rita, perché essendo un tipo sfuggente, una che per non rischiare di dire di sé non faceva domande, non aveva dovuto raccontarle in che guaio si era messa con Raffaele, e tantomeno della perdita di Gioia. E il fatto di non parlarne lasciava come in letargo quel dolore che più avanti, nel tempo, una volta realizzato, l'avrebbe davvero lacerata. Della sua piccola creatura aveva una foto, una soltanto, custodita fra le pagine del diario. E il suo odore ben fissato in mente: profumo di bimba, di pane buono appena sfornato, di panni stesi al sole e al vento, di felicità.

Anna aveva una missione: fare soldi, risollevarsi il più possibile e tornare a riprendersi la sua bambina. Si era rimboccata le maniche e aveva cominciato a proporsi nei ristoranti, presentandosi direttamente poco prima di colazione o del pranzo serale. E così facendo aveva trovato un posto da lavapiatti in una pizzeria, dal venerdì alla domenica sera.

Presto sarebbe riuscita a trovarsi una stanza e avrebbe tolto il disturbo. Sapeva che quella di Rita era un'ospitalità a termine, o almeno così credeva. Invece, non appena glielo comunicò, lei le fece subito una proposta: «Se vuoi puoi rimanere qui, mi dai qualcosa per contribuire alle spese e siamo a posto così. Vivere con te è più facile di quanto pensassi, non mi rechi alcun disturbo, anzi. Siamo simili noi due, ognuna ha le proprie angosce ma sappiamo tenercele per noi. Davvero, resta se vuoi».

«Grazie» aveva detto Anna assolutamente sorpresa. Non sperava niente di meglio, e poi Rita aveva ragione. Erano due persone infelici ma entrambe con una propria dignità. La notte ognuna si coricava sotto la propria coperta di guai senza mai condividerli con l'altra.

«Bene, allora è deciso» aveva concluso Rita entusiasta. «E, se vuoi un consiglio, anche se hai questo lavoretto nel fine settimana continua a cercare quello che ti piace fare. Mamma mi ha detto che sei una sarta. Perché non ti proponi come apprendista da qualche parte? Io spargo la voce tra le mie amiche, se sei d'accordo. Vediamo, magari salta fuori qualcosa!»

Per alcuni mesi, che erano diventati presto un paio di anni, Anna aveva continuato a lavorare come lavapiatti o come donna delle pulizie, finché, quando quasi aveva smesso di crederci, era arrivata l'occasione che stava aspettando: una sartoria teatrale al Pigneto cercava un apprendista. Passava a piedi davanti a quella vetrina ogni volta che andava verso via La Spezia, dove si trovava una delle case in cui lavorava. Quel giorno aveva visto un cartello: CERCASI AIUTANTE. Senza pensarci due volte si era spazzolata bene le suole delle scarpe sullo zerbino, ed era entrata.

Il proprietario della sartoria più storica della città era un uomo sulla sessantina, calvo, con degli occhiali sottili sul naso, appesi al collo con una catenella blu che per vezzo riprendeva il colore dei suoi occhi. Nel negozio si respirava un intenso odore di stoffa, misto alla fragranza agli agrumi del diffusore per ambiente. Era di origini siciliane e, come tutti i meridionali, anche il signor Salvo era tremendamente nostalgico dei profumi buoni della sua terra.

A quell'uomo Anna doveva tutto. Era stato lui a farla diventare, sbaglio dopo sbaglio, una sarta professionista, portando a livelli altissimi l'arte che le aveva insegnato sua mamma, la quale a sua volta l'aveva appresa da nonna Rosaria. Anche il sarto, come la sua coinquilina del resto, non aveva alcuna idea di quale fosse il passato di Anna, nemmeno lontanamente immaginava che lei avesse già una figlia e soprattutto che avesse subito un terribile esproprio. Non mentiva a nessuno, Anna, semmai taceva. Aveva imparato a convivere con il suo grande segreto, a leccarsi le ferite da sola, la notte, una volta in camera, come fanno i gatti. Aveva deciso di sopravvivere piuttosto che farla finita, perché era l'unico modo che aveva di espiare l'immensa colpa di non essere una donna forte come era stata sua madre. Fu in quel periodo che realizzò di avere in comune con lei il dramma di una figlia persa. Filomena, la sua, l'aveva partorita morta; lei, la sua, l'aveva abbandonata viva. La disgrazia che si tramandava: cambiavano i fattori ma non i dolori.

Se non fosse stato per il signor Salvo, e per le tante conoscenze che aveva nel mondo della televisione, Anna non sarebbe mai arrivata a ricoprire il ruolo di prima sarta a «C'è posta per te». All'epoca, in quella sartoria, veniva a rifornirsi la costumista dei programmi condotti da Maria De Filippi. E in una di quelle occasioni, il titolare aveva fatto le presentazioni ufficiali tra le due, suggerendo alla signora di non farsi scappare una lavorante di talento come Annina.

Detto, fatto.

Dal venerdì al lunedì, Anna si ritrovò a venir via dalla sartoria al Pigneto per varcare gli studi televisivi sulla Tiburtina. Non avrebbe potuto provare emozione più grande. Le sembrava un miracolo, un sogno, insomma qualcosa di davvero troppo bello perché accadesse proprio a lei. Ricordava perfettamente quanto piovesse il primo giorno di lavoro, quanto forte le battesse il cuore nel petto e il primo istante in cui, di sfuggita, le avevano presentato la signora De Filippi.

Mai avrebbe immaginato di passare quindici anni, sette mesi, due settimane e tre giorni a lavorare con lei. Dopo aver conosciuto l'inferno e quel diavolo di Raffaele, solo angeli erano scesi sul suo cammino: prima Rita, poi il signor Salvo, infine lei, Maria De Filippi.

A tutti si sarebbe affezionata e sarebbe stata devota. Ma a nessuno avrebbe mai raccontato la sua storia.

Finalmente Anna si decise. Andò alla credenza e ne estrasse una confezione di cantucci da vin santo, quindi uscì sul pianerottolo e suonò al campanello di Rosa.

Il chiavistello girò e Rosa sbucò da dietro la porta.

«Cos'è, ti si è rotto lo scaldabagno?» le chiese ironica.

Anna mostrò la confezione di dolci e un sorriso colpevole. «È sempre valido l'invito per guardare insieme la puntata?»

Rosa sorrise, gli occhi le brillavano. Era evidente che cantava silenziosamente vittoria.

«Sei arrivata appena in tempo. Cacio e pepe ti va?»

Qualche minuto dopo erano a tavola. E gli spaghetti erano semplicemente perfetti.

«Quindi non ti va di dirmi perché eri così nera quando sei rincasata...»

«Lo sai che non mi piace raccontare i fatti miei.»

«Uhm. E di salute come ti senti? Hai avuto ancora giramenti di testa?»

«Anche questo fa parte dei fatti miei, Rosa!»

«Ma sei più zitella del solito, stasera. Vabbè. Sai già che storie ci saranno in questa puntata?»

«Ogni volta devo spiegartelo... cosa va in onda è una sorpresa anche per me... piuttosto, mi sa che sta per iniziare.»

Quando accesero la televisione, infatti, «C'è posta» stava proprio per cominciare.

La prima storia era quella di Gabriele, il figlio che aveva scritto per dire grazie al suo eroe, il padre Bartolo. Quella storia bellissima a cui aveva preso parte anche l'allenatore Antonio Conte. Dopo lo stacco pubblicitario, durante il quale le due vicine aprirono la scatola di cantucci e anche una bottiglia di vin santo, fu il momento della seconda vicenda.

«Questa è la storia di Roberto» annunciò Maria De Filippi tra gli applausi del pubblico. «Facciamo entrare Roberto e Flaviana.»

In studio entrarono un ragazzo moro, abbronzato – il classico tipo che non sarebbe passato inosservato a una buongustaia come la sua collega Rossella – e una ragazza con lunghi capelli neri.

«Ah... loro...» disse Anna.

Rosa si voltò verso di lei. «È una storia triste?»

«Be', sì. Ma ha un lieto fine.»

La verità era che si trattava di una vicenda che molto aveva a che fare con ciò che aveva vissuto lei, e infatti in studio aveva preferito rimanerne il più distaccata possibile. Ora, nel salotto di Rosa, non aveva molta scelta: doveva guardarla dall'inizio alla fine senza palesare ogni minima reazione.

«Chi scrive a questa trasmissione è Flaviana, che è la moglie di Roberto» spiegò Maria. «Flaviana mi ha detto: "Noi guardiamo sempre 'C'è posta per te' e ogni volta che ci sono degli incontri tra figli e madri, vedo che la mente di mio marito va da un'altra parte. È per questo che voglio che partecipi al programma, per cercare sua madre".»

Rosa si voltò di nuovo verso Anna. «Sei sicura di voler vedere questa storia? Se preferisci spegniamo un attimo.»

«Non ti preoccupare. Ne sento tante di storie come queste a "C'è posta per te"... a volte ho pensato anche di scrivere ma... non ne ho il coraggio. Dài, ora ascoltiamo.»

Rosa non rispose. Si limitò a prolungare un istante il suo sguardo sull'amica, poi tornò allo schermo del televisore.

«Roberto» stava dicendo Maria De Filippi «mi racconta la sua vita e mi dice: "Dei miei primi anni di vita ho soltanto qualche flash. Uno di questi è una lunga scala, tante stanze, delle suore, una grande casa. Adesso, capisco, si trattava di un istituto. Se invece mi chiedi della mia vita a cinque-sei anni io te la racconto con assoluta precisione. Ti racconto di una città, Siracusa, ti racconto della mia casa, una bellissima casa, ti racconto di mio padre, un professore di matematica, e di mia madre, un'ispettrice sanitaria. E ti racconto di un'infanzia in cui crescevo felice. Il professore di matematica, quello che io considero mio padre a tutti gli effetti, era un uomo rigoroso, di altri tempi, che ti diceva: 'Vuoi questo? Bene, te lo devi guadagnare'. Sembrava un duro, ma quando parlava di me gli si illuminavano gli occhi. Io capivo, anche se lui non era capace di tanti gesti affettuosi come carezze e abbracci, che per lui ero la cosa più importante. Mia madre, poi, era la dolcezza fatta a persona.

«"Arriva l'età in cui a scuola qualche bambino comincia a farmi notare che a casa mia non ci sono foto del mio battesimo, né di quando ero piccolo piccolo. E poi, siccome ero un ragazzino molto vivace e con un carattere esuberante, spesso mi capitava di litigare coi compagni. Durante una di queste litigate, un compagno mi dà del 'bastardo'. Io torno a casa e vado da mio padre, che era il pilastro della mia vita, e gli faccio una serie di domande. Lui, a tutte risponde con altre domande: 'Dove vivi?', e io rispondo: 'Qui'; 'Dove mangi?', e io rispondo: 'A casa'; 'Dove dormi?', 'A casa'; 'Chi sono io?', 'Mio padre'; 'Chi è lei?', 'Mia madre'. Quella volta, quando lui mi dice così, io mi tranquillizzo e vado avanti tranquillo nella mia vita, perché le risposte che mi aveva dato mi avevano assolutamente acquietato."

«"Poi, un giorno, nella nostra villetta al mare, vedo mio padre fare molta fatica mentre sale le scale. Io gli chiedo se sta bene, e lui mi risponde che è solo stanco. E invece, l'indomani, muore a causa di un infarto fulminante."

«Roberto mi ha raccontato: "Quando muore mio padre per me è un colpo durissimo, e per mia madre non ne parliamo. Era il suo primo ragazzo, il suo grande amore, e lei ci ha messo sette anni per riprendersi. Senza contare che io, dai diciassette ai ventitré anni, l'ho anche fatta un po' penare. Poi ho incontrato quella che sarebbe diventata mia moglie. Lei mi ha calmato, ha tirato fuori tutto il buono che avevo dentro, e mi sono per fortuna rasserenato".

«Dopo sedici anni dalla morte del padre, Roberto decide di tornare in quella casa sul mare. Sta passeggiando sulla spiaggia. Su quella spiaggia c'è un chiosco-pizzeria, e lì c'è una signora anziana. Lui dice che i vecchietti sono come i bambini: dicono sempre la verità. Roberto si ferma e, quando lo vede, la donna lo riconosce e dice: "Ah, tu sei il figlio del professore, quello che è stato adottato". A quel punto tutti i suoi dubbi diventano quasi certezza.

«Torna quindi a casa, deciso a parlare con sua madre. E

allora lei, piangendo, comincia a raccontare tutto, confessandogli che avrebbero voluto dirgli ogni cosa al compimento del suo diciottesimo anno, ma il papà era morto prima e lei non ne aveva avuto più il coraggio.

«La verità era che lui era stato adottato quand'era piccolo. La madre gli mostra anche il completino che indossava quando lo aveva visto la prima volta. Poi, fra le lacrime, pronuncia il nome e il cognome della donna che lo aveva messo al mondo, e gli confida che se non glielo aveva mai detto era perché aveva paura di perdere il suo affetto e che lui potesse andarsene.

«Lui mi ha confessato: "Non me ne sarei mai andato. Volevo un enorme bene a mia madre, e sono stato con lei fino al suo ultimo respiro, a ottant'anni". Dopodiché, quando i genitori ormai non c'erano più, ha deciso di tornare nel luogo che faceva da sfondo ai suoi primi ricordi. Lì ha ritrovato alcune suore, gli ha mostrato le sue foto, e loro lo hanno riconosciuto. "Ora" lui dice "alla signora che mi ha messo al mondo, la mia mamma biologica, non chiedo niente. Ho una famiglia, ho una figlia, sono sereno, non ho bisogno di soldi. Ho però la curiosità di vederla, di conoscerla. Perché sapere di avere un'altra madre, che non saprei riconoscere se la incontrassi in giro, mi sembra assurdo."

«Vediamo il momento della consegna» annunciò Maria mettendo fine al racconto.

E la busta davanti agli ospiti, come di consueto, si aprì.

Il postino Marcello, era a Pembroke, nell'isola di Malta, e passando per strade semideserte, con in lontananza la striscia azzurra del mare, giunse a casa di Angela, la madre naturale di Roberto.

Era una donna dalla carnagione scura, proprio come il figlio, e dai lunghi capelli rossi raccolti dietro la nuca. Non parlava italiano, solo inglese, ma disse di conoscere il programma.

Quando, finita la consegna, la telecamera tornò a inquadrare Roberto, Maria, con un sorriso carico di tenerezza, gli chiese: «Che pensi?».

«Tante cose...» rispose lui. Poi un sospiro. «Spero che abbia accettato...»
Maria gli rivolse un sorriso. «Sei teso?»
«Sì» ammise lui.
«Solitamente tu fai il duro, eh. Ho visto però che mentre raccontavo, quando parlavo di tuo padre e di tua madre, ti sono venuti gli occhi lucidi...»
«Mio padre e mia madre si meriterebbero non una statua d'oro, ma dieci. Mia mamma, poi, mi accontentava in tutto, anche troppo. Mio papà era più rigido» disse lui imitando un'espressione burbera. «Io con mio figlia non ci riesco. "Papà, voglio questo" mi dice e io l'accontento subito.»
«E adesso?» chiese Maria.
«Adesso spero che apra. Voglio sapere tante cose.»
Come avveniva in casi simili, Maria chiese a Flaviana, la moglie di Roberto, di spostarsi su un altro pouf. Angela, aprendo la prima busta, avrebbe visto lei: solamente se avesse accettato di aprire, avrebbe poi avuto l'opportunità di vedere anche Roberto, nascosto dietro la seconda busta.
Quindi Maria si spostò verso l'ingresso degli ospiti e chiese al postino: «Marcello, la signora Angela ha accettato l'invito?».
«Sì, la signora Angela ha accettato l'invito ed è qui con noi.»
La donna entrò in studio, accompagnata da Olga, l'interprete. E Maria, dopo averle spiegato le regole del programma, fece aprire la busta.
Angela rimase stupita quando vide il volto di Flaviana.
«Non le dice un granché il viso, vero?» chiese Maria.
«No.»
«Però lei mi ha detto di conoscere la trasmissione. Quindi sa che comunque chi è dall'altra parte viene sempre con un messaggio di pace... Posso farla parlare?»
La donna annuì, e Flaviana finalmente prese la parola.
«Io sono sposata, amo mio marito» esordì «lui è un uomo fantastico, un uomo generoso, genuino. Sono stata tanto fortunata a conoscerlo, a sposarlo, e l'ho sempre amato, ancora di più da quando l'ho visto prendere in braccio nostra

figlia. Aveva paura che si rompesse, mi diceva. Ho visto i suoi occhi riempirsi d'amore per lei e ho capito subito che sarebbe stato un ottimo padre. Adesso, nei tuoi stessi occhi, rivedo gli occhi di mio marito, e vorrei che tu lo conoscessi.»

Gli occhi di Angela si fecero lucidi in un istante.

«Angela, cominci a capire a cosa stiamo andando incontro?» domandò Maria. «Lei vorrebbe che tu conoscessi suo marito.»

«Sì.»

«Posso togliere la busta?»

La donna annuì e, nel silenzio dello studio andò incontro alla nuora, che l'abbracciò forte e poco dopo disse: «Ora io me ne vado, è giusto che tu viva questo momento da sola».

Angela si ritrovò di fronte alla seconda busta, gli occhi sempre più lucidi, emozionata e agitata.

Maria ordinò l'apertura e la busta si aprì.

Ora, madre e figlio potevano vedersi.

Roberto e la donna si fissarono per qualche istante in silenzio, respirando a fatica, con chissà quali incredibili pensieri che giravano nelle loro teste.

«Posso farlo parlare?» chiese alla fine Maria.

Angela annuì.

Roberto si schiarì la voce e cominciò un discorso che probabilmente si era ripetuto più e più volte in quei giorni di attesa.

«Penso tu sappia chi sono...» esordì. «Io sono Roberto, il bambino che quarantadue anni fa hai lasciato all'orfanotrofio. Finalmente vedo il tuo volto, e ora sono contento.» Il suo tono poteva sembrare lievemente aggressivo, ma era l'emozione insieme allo sforzo per trattenere le lacrime che gli sfalsavano la voce. «Il mio puzzle così è completo... Volevo dirti che ho avuto dei genitori meravigliosi, che purtroppo non ci sono più.» Roberto fece una pausa, la voce che si incrinava. «Hai conosciuto mia moglie, e mi piacerebbe che conoscessi anche me.»

Angela ora piangeva, mentre il pubblico non la lasciava sola, anzi la confortava con un applauso.

Maria le si avvicinò, con delicatezza. «Lui ha saputo di te molto tardi, quando aveva trentasei anni, perché all'inizio non gli era stato detto nulla dell'adozione. Aveva però paura di venire a bussare alla tua porta, perché non voleva alterare l'equilibrio di nessuno. Era al corrente che tu nel frattempo ti eri sposata, ma non sapeva se avevi avuto altri figli. E non voleva che loro lo venissero a scoprire così. Allora si è rivolto alla trasmissione pensando: "Io mando la posta, lei capirà che sono io. Anche se voi non glielo dite è impossibile che non si ricordi di avere partorito un bambino... così sarà lei a decidere cosa fare"» spiegò. E dopo un attimo le chiese: «Tu hai avuto altri figli, Angela?».

«Sì, due» tradusse Olga.

«Sapevano dell'esistenza di Roberto?»

«L'ho detto alla mia famiglia la settimana scorsa» sussurrò la donna con un filo di voce.

Maria cercò di trovare le parole adatte. «Perché era qualcosa di cui ti vergognavi?»

«No» rispose Angela decisa.

«Perché era un grande dolore?»

«Sì.»

«Tu lo hai avuto da giovanissima, vero?»

«Avevo diciassette anni» mormorò la donna.

Ricordare quel momento di sicuro la stava distruggendo, si disse Anna. Perché anche lei, se pensava a quando aveva deciso di rivolgersi a suor Paola per il bene di Gioia, si sentiva mancare la terra sotto i piedi.

«Quindi non hai scelto tu, eri minorenne.»

«Mia madre mi disse di fare quello che ho fatto, di darlo in adozione.»

«Hai mai ripensato a lui?» chiese Maria con dolcezza.

«Sì, sempre» rispose lei, questa volta senza alcun tentennamento.

«Hai mai pensato che un giorno avresti potuto incontrarlo?»

Angela sorrise. «Sì.»

Poi parole, parole, parole, fino a che finalmente la busta fu tolta.

Roberto e sua madre potevano finalmente abbracciarsi e darsi una possibilità: quella di conoscersi, almeno. Il bene c'era già. Lo si leggeva negli occhi di entrambi.

«Oddio, oddio» disse Rosa, asciugandosi gli occhi. «Dopo tutti questi anni...» aggiunse appoggiando una mano sul ginocchio di Anna, che era rimasta immobile per tutta la durata della storia, nello sforzo di non mostrare alla vicina le sue emozioni.

«Dopo tutti questi anni...» ripeté Rosa.

«Cosa?» chiese fredda Anna.

Dove voleva arrivare? Ecco, forse avrebbe fatto meglio a restare a casa.

Rosa si fece seria. «Dopo tutti questi anni l'amore non è svanito. L'amore tra una madre e un figlio, voglio dire.»

Anna era girata verso il televisore, dove ora stava andando in onda la pubblicità, ma avvertiva lo sguardo di Rosa fisso su di sé.

«Tu non hai mai pensato di cercarla?»

Oh sì, che ci aveva pensato. Tante, tante e tante volte. Anna fece un sospiro. Ormai era inutile nascondersi. E cominciò a raccontare a Rosa tutta la storia da dove si era interrotta l'ultima volta, l'istante in cui aveva messo alla luce la bambina, fino agli abusi subiti da Raffaele e l'incontro in ospedale con suor Paola.

La vicina ascoltava in silenzio e non sembrava per nulla sorpresa, come se in cuor suo sapesse già tutto. Finché Anna giunse, nel racconto, al momento in cui, dopo aver abbandonato Gioia, aveva deciso di provare a rintracciarla. Non c'era mattina che si alzasse senza pensare a lei, non c'era sera in cui si mettesse a letto senza che il ricordo delle sue manine, della sua bocca attaccata al seno, del suo odore buonissimo, le facesse versare fiumi di lacrime e sentire strizzoni alla pancia dal rimorso. Solo durante il giorno, quando si mostrava al mondo, allora indossava una maschera glaciale. Una maschera che si era fatta sempre più coriacea col passare degli anni e che per lei rappresentava un infallibile sistema di autodifesa.

Qualche mese dopo essere arrivata a Roma, racimolati pochi soldi, aveva preso un treno ed era tornata lì, all'ospedale di Rimini. Sperava di trovare suor Paola e infatti la trovò. Nel giardino della clinica, seduta su una panchina e con un libercolo in mano.

Anna le si avvicinò piena di emozione mista a paura.

«Suor Paola» disse a bassissima voce. «Si ricorda di me? Sono la mamma di Gioia.»

La suora aggrottò la fronte, poi tempo due secondi la riconobbe e scattò in piedi per abbracciarla. La strinse così forte che Anna scoppiò subito a piangere, come quando ti fa male la sbucciatura sul ginocchio da piccola, e sei fra le braccia di mamma che ti rincuora.

«Tesoro, certo che mi ricordo. Gioia sta bene. Non ti preoccupare. Hai fatto la scelta giusta.»

Anna scossa la testa. «Penso sempre a lei... la vita non ha più senso per me.»

Suor Paola la fissò con quei suoi occhi magnetici.

«Tu sei così giovane, cara, eppure hai già fatto una cosa straordinaria. Hai dato la vita a una creaturina, che crescerà e diventerà una donna felice. È il dono più grande che tu le potessi fare. E già per questo tu sei una madre meravigliosa. Non lo dimenticare mai.»

«Suor Paola, io non ce la faccio... io la vorrei rivedere. E portarla a casa con me.»

La donna la prese per le spalle, dolcemente, e la guardò dritto negli occhi. «Io non posso decidere per te. Ma ti chiedo di pensare, per un momento, al futuro di tua figlia. Ora vive in una famiglia che le potrà garantire una casa accogliente, un'istruzione e tanto amore. Tu cos'hai da offrirle?»

Ad Anna erano apparse in sequenza polaroid della sua misera vita romana. Lei che dormiva sul divano-letto, lei che aveva mal di denti e se lo teneva, lei che contava le monete per capire se saltava fuori anche la cena, lei che stava con spazzolone e varichina a pulire i cessi dei ristoranti, lei che sfogliava il suo diario e stringeva al petto l'unica foto della sua piccolina.

Aveva ragione la suora: non aveva nulla da offrire a sua figlia, se non la possibilità di crescere serena chiamando «mamma» una sconosciuta. Niente di più crudele. E di più vero.

Così quel giorno Anna era tornata in stazione ed era salita sul primo treno diretto a Roma. Aveva pianto, in silenzio, per l'intera durata del tragitto. Non avrebbe più rivisto sua figlia, non le avrebbe rovinato la vita due volte, sentiva tanto peso sul muscolo del cuore che chissà se ce l'avrebbe fatta.

Da quel giorno non scrisse nemmeno più nel suo diario. Del resto a quelle pagine era solita raccontare per filo e per segno tutte le sue emozioni. Di emozioni, lei, non voleva provarne più. Nemmeno quelle si meritava. Era andata in corto circuito. Nemmeno un miracolo l'avrebbe rimessa in circolo.

«E nessuno sa di questa storia?» chiese Rosa quando Anna ebbe terminato il suo racconto. «Nemmeno la signora De Filippi? Possibile? Dopo tutto questo tempo?»

La sarta scosse la testa. «Solo tu e Raffaele, e un paio di parenti suoi di Rimini che ho incrociato in quegli anni... e vuoi sapere una cosa? Mi rendo conto che forse è stato un errore tenersi tutto dentro.»

«Hai fatto quello che ti sentivi, gli errori sono altri. E poi, se vuoi sapere la verità, io ho sempre pensato che dietro quel tuo aspetto così burbero e insopportabile si nascondesse un'anima...»

«Sono tanto odiosa?» sorrise Anna.

«Parecchio. Però, pensaci, le persone ti vogliono comunque bene. Mio figlio stravedeva per te quand'era piccolo. Ogni volta che tornava da scuola voleva sempre provare a suonare al tuo campanello, per vedere se eri in casa. E anche al lavoro, mi pare di capire, sei circondata da colleghi che ti rispettano e che non ti hanno mai fatto uno sgarbo.»

«Sì, certo...» disse Anna, e pensò a Rossella: nonostante lei non si stancasse di ripeterle che era un'immatura e che a volte sembrava perfino una poco di buono, la truccatrice non aveva mai smesso di offrirle un passaggio sotto l'ombrello quando pioveva, di regalarle dei trucchi a Natale anche se sapeva che lei nemmeno la crema da giorno si metteva, di confidarle nei minimi dettagli le sue disavventure amorose sulle quali ci sarebbe da scriverci un libro.

«Senti, Anna» proseguì Rosa con tono deciso rimettendosi dritta a sedere sul divano «non pensi sia arrivato il momento di provare a cercare Gioia?»

Anna, istintivamente, scosse la testa. Sui suoi occhi calò di nuovo un'ombra di tristezza.

«Oggi ha quarant'anni. E ho paura.»

«Paura di cosa?»

«Che mi odi.» Anna aveva alzato la voce. «Ho paura che mi odi perché l'ho abbandonata quand'era una bambina piccola. E questo non lo potrei mai sopportare, perché non ho soluzioni per rimediare. Preferisco rimanere in questo limbo e sperare di rivederla, chissà, in Paradiso. Sempre che in Paradiso ci sia spazio per una come me.»

«Non credo che lei ti odi.»

«E tu che ne sai? Sei mai stata abbandonata da tua madre? E poi, scusami, tu per prima hai condannato quella Catherine di "C'è posta" perché aveva deciso di abbandonare la figlia...»

«Lo so, questo è vero. Ma finché non si vivono le cose, oppure non le vive una persona a noi cara, non ci si può davvero rendere conto di cosa ci sia dietro una scelta tanto assurda. Parlando con te, ora posso immaginare... e mi dispiace così tanto, che non ne hai idea.» La voce di Rosa cominciò a incrinarsi. «Ho avuto una vita semplice, io; tutto è andato come doveva andare. Ho conosciuto da giovane un ragazzo meraviglioso con cui mi sono sposata, e dal quale ho avuto un figlio di cui vado orgogliosa. E adesso ho anche due nipoti che sono la mia nuova gioia. Hai ragione, cosa ne posso sapere io di come avrà vissuto la separazione da te tua figlia?» Rosa era commossa ma si sforzava per finire di esprimere il concetto. «Però tu nemmeno te lo immagini, Anna. Quanto vorrei che anche tu fossi felice...»

Anna, vedendola così scossa, fece un gesto inaudito per lei: se l'abbracciò. Proprio così: sbilanciò il peso del corpo, si piegò in avanti, allargò le braccia avvolgendo l'amica, e finalmente la strinse impacciata. Prima un contatto timido, controllato, che si trasformò in una stretta complice fra due amiche sincere.

E, immersa in quell'abbraccio, Anna non solo donava conforto, ma ne traeva forza e calore. Si sentiva come immersa dentro a una vasca di acqua bella bollente. Con la voglia di non uscirne più, di stare lì dentro, avvolta non per poco, ma per sempre.

10

A Pinuccia non mancava la parlantina, pensò Anna dopo essere stata tre minuti di orologio con una nuova ospite di «C'è posta per te».

Era una splendida creatura di *appena* ottantacinque anni, truccata con cura, ingioiellata, dall'aspetto gioioso e con uno spiccato accento siciliano che le conferiva uno charme d'altri tempi.

La sarta non aveva dovuto fare molto con lei, dal momento che la signora Pinuccia aveva portato con sé uno dei sontuosi abiti della sua collezione. E quello avrebbe indossato, senza bisogno di modifiche. E soprattutto senza ripensamenti.

Vedova e purtroppo anche senza più figli, dopo che l'unico era deceduto, aveva percorso quasi un secolo senza che buonumore e verve si facessero mai da parte: insomma, un raro esempio di *joie de vivre*, contagiosa e bellissima.

«Io non ho bisogno di niente, non cerco quest'uomo certo per soldi!» aveva detto ad Anna mentre veniva accompagnata da Rossella, al reparto trucco. «Si figuri, ho un autista e svariati camerieri, cinque ville a Punta Del Sole – in una delle quali vive un cameriere che si occupa a tempo pieno dei miei cani e gatti – e poi nove appartamenti e un'altra villa a Noto. Gliel'ho già detto che vengo da Noto, in Sicilia, vero? Ripeto le cose in continuazione, e non perché sono svampita, è che la gente oggi è tanto distratta...»

Senza smettere un istante di sciorinare le sue fortune e le sue virtù, con quel piglio spettacolare, le due donne erano arrivate a braccetto in sala trucco, dove c'era Ros ad attenderle per il tocco finale.

«Ah, lei è sicuramente la signora Pinuccia!» disse Rossella, tendendole la guancia. «Che piacere!»

Come l'ospite fu fatta accomodare, Anna fece per andare, ma la signora si mise a insistere affinché rimanesse un altro po'. «Non le ho ancora raccontato la mia storia con quell'uomo! Avanti, Anna, si sieda un momentino con noi. Sentirà, è meglio di una telenovela.»

«Rimarrei volentieri, è che magari hanno bisogno di me in sartoria...»

In realtà rosicava all'idea che Lisa potesse usurparle, in sua assenza, la sua macchina da cucire. Le registrazioni delle storie per quella edizione erano agli sgoccioli, eppure la giovane sarta era fissa giù da lei, invece di starsene a «Uomini e donne», dove era solita lavorare. Forse la costumista temeva che Anna commettesse altri errori; di fatto quella si era piazzata lì e non c'era verso di scrollarsela di dosso.

A tutto questo si aggiungeva una sensazione mai vissuta prima: da qualche giorno Anna avvertiva una strana atmosfera anche quando entrava nel camerino di Maria. Aveva l'impressione che lei e la sua redattrice smettessero di parlare ogni volta che infilava il naso dentro. In tanti anni, mai si era sentita così inopportuna, al limite dell'indesiderata. Quando passava in redazione oppure camminava nel corridoio davanti ai parrucchieri, intercettava sguardi strani e bisbiglii alle spalle. Ma ciò che maggiormente l'aveva allarmata era che nello stanzino delle fotocopie fosse sparito il cestino della carta da riciclare. Quello da dove lei pescava le fotocopie in esubero da portarsi a casa. Forse qualcuno della redazione aveva scoperto il suo «traffico» e si era arrabbiato. Insomma, le stava pensando tutte, e tutte arrivavano a un unico verdetto: la volevano mandare via dopo tanti anni di servizio e non sapevano come dirglielo.

Di una cosa, comunque, era certa, e cioè che Maria non c'entrasse nulla con quella decisione; piuttosto era un piano tramato dal produttore e dalla costumista, che ormai stravedevano per la giovane, insopportabile, sgomitante sartina Lisa.

Che orribile sensazione di fine partita.

«Eddài Anna, rimani a farci compagnia mentre io la trucco!» disse Rossella. «Vorrà dire che se proprio avranno bisogno, si rivolgeranno a Lisa. Tanto...»

Ecco, appunto. Tanto... E via con il coltello rigirato nella piaga. D'altronde che ne sapeva Rossella. Ovviamente aveva piacere che la nipote si facesse notare agli occhi della produzione, ma era assolutamente all'oscuro di tutte le tensioni che viveva Anna a causa sua.

Eppure anche certi movimenti di Ros, in quei giorni, avevano lasciato perplessa la sarta. Una sera la truccatrice era stata chiamata in camerino da Maria, cosa che non succedeva mai visto che in genere si occupava degli ospiti e non della conduttrice. Anna avrebbe pagato oro per trasformarsi in una mosca e ronzare lì dentro per ascoltare. Anche perché era rimasta lì un sacco; orologio alla mano, Anna aveva calcolato cinquantadue minuti tondi tondi.

Subito dopo, le due donne si erano ritrovate sul 74 barrato e Anna non aveva minimamente fatto cenno alla questione, sperando fosse l'altra a vuotare il sacco. E invece nulla. Non una parola riguardo a cosa si fossero dette in camerino, lei e la signora De Filippi. Anzi, Rossella aveva attaccato un pippone sull'ultima ideona partorita: si era iscritta la mattina stessa a un'agenzia matrimoniale. Lo faceva per dare una chance all'oroscopo di Branko, di realizzare la sua previsione: che finalmente anche lei trovasse la sua felicità. Anna la lasciava parlare senza nemmeno ascoltarla. Era tormentata dall'idea che Rossella sapesse già del suo imminente licenziamento e che non dicesse nulla proprio perché divisa tra l'affetto per la sua vecchia collega e quello per la sua giovane nipote.

«Essù, rimanga con noi!» insistette l'anziana ospite, arzilla più di tutte loro messe insieme.

Se a chiederlo era la signora Pinuccia, Anna non poteva tirarsi indietro. Una delle prime regole della produzione era di essere accoglienti e totalmente disponibili nei confronti degli ospiti delle storie. Così, parcheggiando le sue ansie e seppellendo i suoi fantasmi, Anna si sedette sul divanetto alle spalle della specchiera e si mise in ascolto della telenovela fra Italo e Pinuccia.

Tutto era avvenuto fra il 1964 e il 1965 – ora Pinuccia, all'anagrafe Giuseppa, non ricordava esattamente. Lei in quel periodo abitava a Roma, aveva un figlio di nove anni e si era già separata dal primo marito.

Ogni tanto tornava a Noto, dove ancora vivevano i suoi genitori. Proprio vicino alla casa di famiglia c'era la caserma dei carabinieri, e ogni volta che Pinuccia vi passava davanti c'erano sempre due o tre militari che la seguivano con lo sguardo.

«Ero una gran bella ragazza, all'epoca» rise Pinuccia mentre Rossella cominciava a ripulirle il viso dal trucco precedentemente applicato. Per altro benissimo.

Più di una volta, in centro, le era capitato di incontrarne uno, in particolare, di quei carabinieri. Nonostante l'educazione imponesse che non si dovessero né parlare né salutare, i loro occhi si incrociarono per un istante, ed era come se si fossero detti tutto e anche di più.

Un giorno arrivò finalmente l'occasione giusta. Sul treno diretto a Roma, che Pinuccia aveva preso per tornare in Sicilia, c'era – guarda caso – anche quel bel carabiniere che l'aveva incantata con lo sguardo, insieme a un collega: stavano conducendo un detenuto a Rebibbia.

Nel giro di qualche minuto lui e lei si erano ritrovati nel corridoio, l'uno di fianco all'altra.

«Era la prima volta che lo vedevo così da vicino» raccontò Pinuccia, con un risolino «e mi dissi che era proprio un bel ragazzo, non mi ero sbagliata: alto, slanciato, sul biondo.

Ci presentammo. Subito gli precisai che ero separata, e con un figlio» disse. «Lui si chiamava Italo, era scapolo, e mi raccontò che ogni volta che mi incontrava non poteva fare a meno di pensare a quanto fossi bella. Mi confessò che gli piacevo molto e che ragazze come me non ne aveva mai conosciute. I complimenti, lo ammetto, li ho sempre apprezzati, così come mi è sempre piaciuto essere corteggiata, e, dal momento che chi mi stava corteggiando era un gran bel ragazzone, be', il piacere era doppio!»

Illustrava così bene le pagine della sua vita, la signora Pinuccia, che per un momento vi si appassionò anche Anna, rapita.

All'epoca, continuò a raccontare Pinuccia, per compiere la tratta Catania-Roma in treno bisognava trascorrervi un'intera notte. E tante di quelle ore loro due le avevano passate a guardarsi, più che a parlare.

Giunti a destinazione, Italo le aveva chiesto il numero di telefono e lei non si era fatta pregare. Tempo di arrivare a casa, che squillò l'apparecchio. Era lui che le chiedeva se lo poteva raggiungere immediatamente.

«Wow, che uomo passionale!» esclamò Rossella.

«Non ci ho pensato due volte. Ho preso le chiavi della macchina e sono corsa da lui.»

«Brava! Avrei fatto la stessa cosa! Anna lo sa!» confessò ridacchiando la truccatrice. Anna scosse la testa, lo sapeva eccome.

Pinuccia nemmeno si soffermò su quella affinità con la truccatrice, presa dal suo ricordo.

«Per il nostro primo appuntamento avevamo scelto una pensione, un luogo accogliente e discreto dove isolarci dal resto del mondo, desiderosi di soddisfare quell'attrazione che avevamo nutrito l'uno per l'altra, fin dal primo momento in cui i nostri sguardi si erano incrociati.»

«Hai capito che intraprendenza la nostra Pinuccia?!»

«Eh sì. Se a ottantacinque anni sono qui ancora a parlarne...» disse Pinuccia ammiccante. «Credetemi, fu un pomeriggio indimenticabile... figurarsi che ancora conservo il bigliettino della pensione.»

«Wow! Un pomeriggio di passione...»

«E non solo. Quando ci salutammo, lui mi disse che era innamorato di me a tal punto che, se solo avessi voluto, era disposto a lasciare l'Arma pur di vivere con me. Mi chiese di pensarci su e di comunicargli quanto prima la mia decisione.»

«Non mi dica che rifiutò...» sbarrò gli occhioni Rossella.

Pinuccia sollevò le spalle. «Che ci vuol fare? Ero una donna del Sud, con un matrimonio appena fallito alle spalle e in più un figlio. Fui assalita da mille paure... "E se poi rimango incinta e non mi sposa?" Sarebbe stata un'altra delusione per i miei genitori, e poi le chiacchiere, la reazione dei miei quattro fratelli... Insomma, anche quando lui mi ribadì la sua volontà in un'altra lettera, io persi ogni coraggio e mio malgrado vi rinunciai.»

«E adesso cosa spera? Che lui sia libero e bello, e possiate ricominciare da dove vi siete lasciati?»

L'anziana signora rise. «Io sono vedova anche del secondo marito. Se anche lui lo fosse e, soprattutto, se fosse ancora un bell'uomo, perché no? Io credo moltissimo nel matrimonio! Se poi mi dovesse andare a buca con lui, posso sempre iscrivermi a un'agenzia matrimoniale!»

Rossella scoppiò a ridere. «Lo vedi Anna che non sono la sola? Non è questione di età, l'amore va cercato fino all'ultimo giorno che il buon Dio ci dà.»

Pinuccia allungò una mano ad accarezzare la guancia della truccatrice. «Parole sante, cara. Speriamo che il buon Dio oggi mi faccia ritrovare il mio carabiniere vedovo e in gran forma, va' là!»

Le due scoppiarono a ridere, Anna invece non ci riusciva nemmeno se si sforzava. E poi, in quel pomeriggio di tensione, l'ultima cosa che le andava di fare era proprio ridere. La signora Pinuccia era adorabile, davvero, niente di personale. Ma chissà cosa stava succedendo in sartoria. Così si alzò.

«Ora devo proprio scendere giù, signora Pinuccia. Tanto ci rivediamo tra poco, quando l'accompagnano in studio!»

Dirigendosi verso la sartoria, Anna pensò a quando, qualche anno dopo aver cominciato a lavorare nella sartoria al Pigneto, aveva conosciuto il secondo uomo della sua vita. E l'ultimo.

Lei, a differenza della signora Pinuccia col suo carabiniere, a quel tizio non ci aveva proprio più pensato. Quasi non fosse nemmeno mai esistito. Le era riaffiorato nella memoria solo adesso e solo per via di quel nome. Anche il suo pretendente si chiamava Italo, e a ripensarci, le aveva fatto una corte serratissima per mesi.

A quel tempo l'impiego alla bottega al Pigneto la gratificava, aveva per datore di lavoro una persona squisita come il signor Salvo, era pure riuscita a prendere in affitto un appartamentino tutto per sé. Certo, stava in periferia, ad Albuccione, ma con i mezzi pubblici e tanta buona volontà raggiungeva serenamente la sartoria. Un anno prima aveva dovuto dire addio a Rita, che aveva finalmente ottenuto una cattedra di ruolo in una scuola elementare di Catanzaro e si era trasferita. Erano ormai diventate due grandi amiche, e quel distacco era stato un ennesimo sgambetto per il suo precario equilibrio. Per fortuna però c'era Italo.

Si erano conosciuti il 29 febbraio, per l'esattezza. Col senno di poi Anna avrebbe dovuto immaginarlo: com'era possibile costruire qualcosa di concreto quando la data di partenza è un giorno che esiste solo ogni quattro anni?

Italo era grandicello, aveva diciassette anni più di lei e lavorava alle Poste. Ogni mattina prendeva la sua bicicletta e percorreva la zona attorno a piazza dei Re di Roma per recapitare buste e pacchetti. Ma di casa, anche lui stava al Pigneto. Così un giorno aveva varcato la soglia della sartoria del signor Salvo, con in mano due paia di pantaloni appena comprati e a cui fare l'orlo. Sapeva che lì confezionavano vestiti teatrali o abiti di alta manifattura, ma davvero non sapeva a chi chiedere per accorciare quei calzoni.

Lo sguardo accogliente e il fare garbato di Anna dovevano averlo fulminato non poco, visto che all'orario di chiusura, una volta abbassata la saracinesca, Anna se l'era ritrovato appena fuori, nel suo loden verde, che l'aspettava timido. Era lì per presentarsi e chiederle se poteva offrirle un bicchiere di vino, o un crodino, o anche solo un caffè.

Anna era una ragazza di ventidue anni, anche se sembrava più matura, e aveva subito accettato l'invito di quell'uomo dall'aspetto mite e buono. Erano sei mesi che parlava solo con il principale, qualche cliente e a volte con la televisione accesa a casa. Non aveva amici o amiche e nemmeno conoscenti. E il suo istinto le suggeriva che poteva fidarsi: Italo era davvero un uomo mite e buono. E l'avrebbe trattata da regina.

La portava sempre a cena il sabato sera e la domenica pomeriggio al cinema. Avevano in comune la passione per la lettura e insieme andavano a spulciare fra le bancarelle di Trastevere.

Per settimane si erano frequentati così. Tante chiacchiere mai troppo personali, qualche libretto regalato lui a lei o lei a lui, un paio di altri orli chiesti gentilmente alla sartina e ovviamente fatti gratis.

Finché una sera, in Campo de' Fiori, seduti al tavolino di un bar, Italo aveva allungato una mano per accarezzarle la guancia. Anna si era subito accorta che tremava. E pure gli occhi la guardavano pieni di sentimento per lei. Sotto quello sguardo si sentiva beata come una piccola Madonna. Forse non era il suo tipo fisicamente, ma quanta dolcezza in quell'uomo. Se Raffaele ne avesse avuta anche solo un decimo, sarebbero stati ancora insieme, lui, lei e la loro piccola Gioia.

In quell'istante, da qualche parte nella sua coscienza, ecco comparire la solita vocetta che le diceva: "Non puoi essere felice, non te lo meriti, tu". Quella stessa voce che le impediva anche solo di comprarsi un regalino, di soddisfare il più piccolo capriccio: ora che lavorava e guadagnava benino avrebbe potuto anche concederselo.

Quella sera però Anna riuscì a zittirla. Aveva permesso che Italo continuasse ad accarezzarla e poi si chinasse su di lei per baciarle delicatamente le labbra.

Fu il loro primo bacio, a cui ne seguirono altri ventinove, sempre morigerati: in piazza Navona, davanti al Colosseo, con alle spalle la Fontana di Trevi, al Giardino degli Aranci. Anna sapeva che erano stati ventinove perché lui ogni volta che finiva di baciarla, teneva il conto a voce alta. Nemmeno fosse un alpinista che superava il record in arrampicata e piazzava la bandierina a ogni primato. Oltretutto non era mai andato oltre il casto bacio. Evidentemente la credeva una giovane ragazza del Sud, con certi valori. Se solo avesse immaginato cos'era già stata la sua vita – per non parlare del suo segreto – forse non sarebbe stato tanto rispettoso.

Di fatto, sembrava che Italo l'amasse sul serio, mentre Anna si coricava ogni sera, sola, ripensando che il brivido che aveva provato all'inizio della sua storia con Raffaele non l'aveva sorpresa mai con lui, nemmeno per un istante, nemmeno per sbaglio. Semmai qualche sbadiglio.

Italo era un ragazzone già vecchio dentro, che era stato a lungo fidanzato con una donna di Civitavecchia; un uomo che amava il cinema e i libri, e che sognava una vita tranquilla con una brava ragazza. E almeno un figlio e un cane.

Anna da tempo non sognava più niente. Perché pensava di non meritare più niente.

Fu per quello che rimase letteralmente senza parole quando lui, il 13 ottobre, prima di darle il trentesimo bacio della loro vita, alla fine di una cena in un ristorante nei pressi di piazza Venezia, le aveva chiesto di sposarlo. Aveva perfino comprato un anellino e ora glielo stava offrendo lì, di fianco al piattino della meringata che avevano appena gustato.

Sposarlo? Davvero tutto questo stava succedendo proprio a lei? A lei che non aveva fatto nulla per sedurre quell'uomo. A lei che non aveva mai avuto il coraggio di raccontargli nulla del suo passato.

Per non deluderlo – e non certo per passione – aveva deciso di accettare. Se lei non riusciva a immaginare cosa fare ormai della propria vita, allora avrebbe lasciato che qualcun altro lo facesse per lei.

«Sì» aveva risposto con un filo di voce, mentre Italo si fiondava sul suo dito per infilarle l'anello di fidanzamento.

Anna non era arrossita. Nemmeno tremava. Era come se si trovasse al cinema, seduta in terza fila centrale, a guardarsi un bel filmetto d'amore.

Si era scoperta apatica, oltre che bugiarda. Non c'era alcuna traccia dell'Anna pazza e vibrante che si era innamorata per la prima volta del meccanico di Girifalco. E non poteva farci niente. Se non riusciva più a palpitare d'amore, era perché il cuore se l'erano preso quelli che le avevano portato via la sua bambina. Era già tanto se riusciva a usare ancora la testa.

Ma pure quella, pochi giorni dopo, sarebbe saltata letteralmente in aria.

Il giorno in cui ricevette la telefonata che le avrebbe di nuovo cambiato la vita, Anna stava giusto pensando a suo papà. Capita che si pensi a una persona ormai lontana, proprio quando questa sta per tornare, in un modo o nell'altro, nella nostra vita. Erano quasi cinque anni che non lo vedeva, esattamente dal funerale della mamma; quando aveva tentato di avvicinarsi a lui al cimitero, per dargli un bacio e fargli conoscere la sua bambina, nonna Elsa si era messa a mo' di scudo fra loro, cacciandola a male parole. E suo padre, poveretto, nemmeno quella volta era riuscito a ribellarsi alla vecchia e a permettere alla sua unica figlia di fargli le condoglianze.

Ora che stava per sposarsi, Anna si chiedeva se fosse il caso di ricucire i rapporti. Certo, avrebbe dovuto cominciare a imbonire suo nonna, per riuscire ad arrivare a lui. Le ci voleva tempo e soprattutto coraggio. Ma la voglia di vedere papà le era presa ben forte, ci avrebbe sicuramente provato.

Mentre si arrovellava su quei pensieri, e Italo faceva sempre più pressioni per fissare la data del matrimonio, Anna ricevette la telefonata di Rita. Sentire la voce di quella donna, che tanto l'aveva aiutata i primi anni a Roma, fu una gioia immensa. Il tono dell'amica le fece però capire subito che qualcosa di brutto era successo.

«Anna... voglio che tu lo sappia da me, prima che sia qualcun altro a dirtelo.»

Anna si era seduta sulla sediolina accanto all'apparecchio telefonico. E si rialzò venti minuti dopo, senza aver pronunciato una sola parola. Esangue.

Era stato l'odore nauseabondo a insospettire i vicini, raccontò Rita. Nonna Elsa e papà erano morti da alcuni giorni quando vennero ritrovati dai pompieri del paese. Dalle ricostruzioni, la donna era morta per un attacco cardiaco, mentre l'uomo si era tolto la vita ingerendo una quantità spropositata di farmaci. Erano andati via a poche ore di distanza una dall'altro, in un silenzio perfetto.

Immaginare suo padre togliersi la vita era qualcosa di atroce. Anna se ne sentiva addosso tutta la responsabilità, l'ennesima. Se fosse stata più presente, se non si fosse lasciata intimidire da nonna Elsa, se non avesse deciso di fuggire a Rimini con quel diavolo di Raffaele, forse suo papà sarebbe stato ancora vivo.

Più ci pensava, più si tormentava. E, quando terminò la telefonata con Rita, sentì le lacrime, pungenti come la punta dei suoi aghi, ferirle le guance. Non c'era pace per lei. Gli ultimi saranno ultimi, si ripeteva con le mani al grembo, incrociate strette, come un abbraccio consolatorio che era solita darsi da sola.

Poche ore dopo, alla telefonata dell'amica ne era seguita una da parte delle forze dell'ordine. Non aveva altra scelta: doveva partire subito.

Scrisse un biglietto a Italo e, prima di recarsi alla stazione di Roma Termini, passò a lasciarlo nella sua cassetta della posta. Non se la sentiva di vederlo, nemmeno di telefonargli. E voleva evitare che lui si offrisse di accompagnarla, uno che non sapeva nulla della verità sulla sua famiglia, per lei sarebbe stato un ingombro e non un supporto.

Da una cabina telefonica alla stazione, Anna chiamò in ultimo il padrone della sartoria: spiegò confusamente che doveva assentarsi qualche giorno e il signor Salvo, carinamente, le disse di prendersi il tempo necessario. E di chiamarlo se mai avesse avuto bisogno di qualcosa.

«Grazie... grazie... grazie...» aveva sussurrato, singhiozzando come una bambina. Che poi, a pensarci bene, bambina lo era. Ventidue anni sono niente. Il punto è che li aveva vissuti quasi fossero state ventidue vite. E tutti in salita, sempre.

E così, con indosso gli occhiali scuri nonostante fosse già calato il buio, salì sul primo treno che l'avrebbe condotta in Calabria. La terra dove ormai tornava solo per celebrare disgrazie. Ogni volta era un dolore che le sconquassava il cuore.

Ai funerali avvertì di nuovo gli occhi dell'intero paese su di sé. Per fortuna a sostenerla e a stare al suo fianco ci fu Rita, che prese una mattina di permesso dalla scuola. Altrimenti non avrebbe retto. La cattiveria silente della sua gente era nell'aria, e lei la respirava tutta.

Che vera maledizione per il suo papà, pensava Anna. Anche l'ultimo viaggio l'avrebbe fatto con quella madre che era stata una pessima nonna, una terribile suocera, una mamma invadente e per questo castrante. Se Ferdinando Procopio non era diventato l'uomo forte che avrebbe potuto, la causa era quella donna. Troppi pochi baci aveva ricevuto da lei, da bambino. Mai un complimento, un elogio, un apprezzamento. Solo occhiatacce e disprezzo, un modo efficace per tenerselo al guinzaglio anche quando era diventato adulto e aveva messo la fede al dito alla sua Filomena. Ferdinando era cresciuto così, sentendosi un mezzo fesso. E così era morto. Mezzo fesso e interamente infelice.

Una volta al cimitero, nella buca di nonna Elsa Anna gettò solo uno sguardo; in quella di papà invece un bacio dato con la mano, un bigliettino fermato da un nastrino rosa e un mazzetto di basilico. Ferdinando amava il profumo di quella pianta aromatica, qualche foglia non mancava mai sopra le sue pietanze, sia fresco che cotto. Nel bigliettino invece Anna gli aveva scritto: «Volevo dirti che la tua nipotina Gioia, quando ride, fa una fossetta sul mento proprio come quella che viene a te. Proteggila da lassù, tu che vedi dov'è».

Chissà quanto si sarebbero piaciuti nonno e nipotina se solo si fossero potuti incontrare.

Ed eccola Anna, tornare a ricamare le varie teorie del «se», del «ma» e dei mille «però». Se la vita corre su un'unica rotaia, è vero che la direzione non è mai nota. Si deraglia, si ritorna, si ritarda, ci si perde e ci si ritrova. Lei e suo padre, a questo punto, si sarebbero ritrovati nell'aldilà. Voleva tanto bene a quell'uomo così indifeso, ma non glielo aveva mai detto. Lo avrebbe fatto nell'altra vita, perché come diceva mamma: non è mai troppo tardi.

Conclusa la cerimonia al cimitero, asciugate le lacrime, salutato Rita, Anna rientrò sola nella casa di famiglia, che aveva abbandonato cinque anni prima. Aperto l'uscio, per poco non le mancò il terreno sotto i piedi: il cattivo odore non se n'era andato via completamente. Ma soprattutto non se n'erano andati i ricordi.

Lì dentro c'era tutta la sua infanzia, tutta la sua giovinezza. Vedeva la madre preparare la torta per il suo compleanno, la vedeva seduta sul letto raccontarle paziente una favola, la vedeva sveglia fino a tardi a rammendare, alla sola luce di una lampadina fioca per risparmiare.

Vedeva suo padre preparare la cesta del picnic per le gite alla Fossa del Lupo, lo vedeva scherzare con sua madre e cingerle i fianchi da dietro per baciarla sulla nuca, e poi lo vedeva ridotto come l'ombra di se stesso, con il volto devastato dalla malattia, rivolto alla finestra come se già quella vita non gli appartenesse più.

Anna si avvicinò al divano che, quando era bambina, si trasformava magicamente nel suo letto. Lì accanto c'era la cassettiera di nonna. Nascosta nel cassetto in basso, sotto le tovaglie in naftalina, trovò la vecchia scatola dei segreti. Nessuno l'aveva spostata in tutti quegli anni, era proprio dove lei l'aveva lasciata. Era la classica scatola da scarpe di cartone, solo che lei l'aveva personalizzata col pennarello, scrivendo sul coperchio: PROPRIETÀ PRIVATA. GUAI, NON APRIRE, GRAZIE!

Faceva sorridere, quella scritta, vista adesso. Era educata ma perentoria. Chissà se in casa avevano rispettato il suo volere. Su mamma e papà Anna ci avrebbe messo la mano sul fuoco, in quanto a quella ficcanaso di nonna Elsa...

Anna si mise a sedere sul divano, posò la scatola sulle gambe e l'aprì. Dentro c'erano: due bigliettini che le aveva scritto Raffaele; una sciarpina che aveva trovato per terra l'unica volta che erano andati a ballare insieme, di nascosto; un pacchetto vuoto delle Marlboro che fumava lui, tipo feticcio; il primo set da cucito che le aveva regalato mamma; infine, la scatolina, ora vuota, del regalo del suo diciassettesimo compleanno. Quello che le aveva fatto Raffaele nel garage e che conteneva la palla di vetro con dentro il Colosseo immerso nell'acqua e la neve finta. Il regalo che le aveva cambiato la vita. E che era stato il simbolo del loro amore. E che all'improvviso, una sera in cui lui aveva alzato troppo il gomito, si era trasformata in un'arma pericolosa, quando l'aveva scagliata con forza brutale contro la culla. Pensava di avere trovato il suo principe azzurro, e invece era finita tra le mani di un orco.

Anna sentiva la nausea avanzare. Sentiva il rancore salirle dalle unghie dei piedi fino alla punta dei capelli, rovente come la fiamma. E non ci vide più dalla rabbia. Prese quella scatolina di cartone tra le mani e si mise a urlare come una pazza mentre la faceva a pezzi, con le dita e con i denti. Non voleva ricordi di quell'uomo che l'aveva ingannata. E che era riuscito a sbriciolarle tutti i suoi sogni.

La sua bambina, la sua adorata figlia, la sua piccola Gioia: Dio solo sa cosa avrebbe dato per tenersela stretta al petto, in quel momento. Dio solo sa dove l'avevano portata e come stava e se mai pensava alla sua mamma, alla sua vera unica disgraziata mamma.

Una volta calmatasi, Anna prese una decisione importante, anzi due: non avrebbe sposato Italo e non sarebbe mai più tornata a Girifalco. Avrebbe affidato la vendita della casa – l'unica cosa che le restava – a un'agenzia immobiliare e avrebbe chiesto a Rita di occuparsene.

In quanto all'amore, Italo era un bravissimo uomo e lei

non poteva ingannarlo e soprattutto non si meritava il suo amore. Era una povera disgraziata, umiliata e pentita. Nella sua vita, da quel momento, ci sarebbe stato solo lavoro, lavoro e nient'altro che lavoro. Era la giusta pena per una colpevole come lei. Lavoro, solo lavoro. Lo giurò a se stessa. E così sarebbe stato.

Ecco perché il giorno della registrazione della storia della signora Pinuccia, con il suo primo amore carabiniere, Anna era inconsolabile. Se anche quel lavoro che amava tanto l'avesse tradita, se mai l'avessero licenziata, non avrebbe potuto fare altro che prendere esempio da suo padre. Che l'aveva fatta finita grazie a una manciata di pillole e a una sorsata d'acqua che doveva essergli andata giù amara come il fiele.

Del resto, la vita cui era abituata Anna non aveva certo un sapore migliore. E lei cominciava ad avere sete. Poca voglia di vivere e sempre più voglia di bere.

11

«È stata sottoposta a meno stress in questo periodo, non è vero?» le aveva chiesto il dottore, sfilandole il manicotto dell'aggeggio prova-pressione.

«Be', più o meno...» aveva risposto evasiva Anna, pensando invece ai quintali di pensieri ed emozioni che l'avevano scossa nelle ultime settimane, riemersi tutti insieme come a chiedere il conto.

«La pressione va molto meglio. Come le avevo già consigliato continui a limitare caffè, sale e liquirizia. Per il resto, mi saluti il suo bel gatto e... vada serena!»

Vada serena? Vada, dove? Serena, come?

Anche se il medico aveva escluso l'angina pectoris e qualsiasi altra patologia, Anna si sentiva male, ma male veramente. Si sarebbe augurata di avere una diagnosi feroce quella mattina; così da venire ricoverata d'urgenza, morire nel giro di due giorni in un ospedale e finire cremata con le ceneri sparse sulla Tiburtina. E invece stava per essere licenziata, alla sua età, dopo tanti anni di attività, e si sarebbe ritrovata a casa lei e il gatto Attilio senza nemmeno i soldi per le crocchette del discount.

Nonostante l'ottimo responso, Anna uscì dal gabinetto medico con una faccia talmente tesa, che Rosa – che l'aspettava nell'anticamera, con il cappotto in mano – subito s'allarmò. Anna scuoteva la testa, bofonchiava che era sana come un pesce e che le toccava continuare a stare a questo mondo. Aggiunse un «purtroppo» che fece sobbalzare la buona dirimpettaia. Doveva tirarla su in qualche modo, farla riprendere da quella deriva che le implodeva dentro. Ecco: l'avrebbe portata al bar, a farsi il miglior cappuccino e cornetto della città.

«Almeno sediamoci un momento» propose Anna, indicando un tavolino bello libero in vetrina.

Rosa lanciò un'occhiata all'orologio. «Non ce la faccio proprio, mi dispiace, sono già in ritardo.»

«Ma per cosa?»

«Devo fare una commissione in centro... e poi vedere una vecchia amica.»

«Ah, quasi quasi ti accompagno. Tanto al lavoro mi aspettano per le tre.»

«No, Anna, figurati! Poi vado già con Betta, la signora del secondo piano. E, ti assicuro, è una donna di una noia mortale...»

«Tranquilla, io mi metto a leggere il mio libro.»

«No, Anna, davvero» disse Rosa, la sua voce adesso era più ferma «mi ha detto che deve farmi un po' di confidenze. Se ci sei tu, magari si sente a disagio.»

Anna sollevò le sopracciglia. «Ah, se è così allora non dico più niente.»

I loro cappuccini arrivarono e, all'unisono, vi inzupparono i cornetti.

«Anche in piedi, i cornetti di questo bar sono buonissimi!» proseguì Rosa.

Anna non disse nulla, soltanto annuì con la testa. Era delusa. Non aveva voglia di restare sola, aveva scoperto il piacere della compagnia di qualcuno dopo tanti anni e, visto che al lavoro tutti la stavano abbandonando, sentiva quella vicina di pianerottolo come sua unica boa in quei giorni di mare grosso.

Il fatto poi di aver condiviso i suoi segreti con lei, doveva ammetterlo, era stata la cosa migliore che avesse fatto negli ultimi anni. Però non riusciva a nascondere la delusione. Avrebbe adorato passare la mattinata insieme. E invece niente, anche Rosa sembrava evitarla.

Quando Anna giunse agli studi mancavano venti minuti alle tre, perché piuttosto di rischiare di essere in ritardo, preferiva arrivare sempre con un po' di anticipo. E fece quello che faceva ogni volta che si doveva registrare: passare in redazione, capire quali storie ci fossero in scaletta, che tipo di ospiti avrebbe trovato in camerino, se ci fossero indicazioni sul vestiario da parte della costumista o della signora De Filippi.

Ma la porta dell'ufficio era chiusa. Strano. Chiusa da dentro, però, perché Anna sentiva delle voci, qualcuno c'era di sicuro, e senza esitare bussò. Non appena Anna pronunciò il suo nome, la voce della redattrice le disse che erano impegnate, di andare pure tranquilla in sartoria, che era presto perché tanto gli ospiti dovevano ancora arrivare. C'era almeno un'ora prima di mettersi al lavoro. Sarebbe passata lei poi a fare il punto con le sarte e con il reparto di trucco e parrucco.

Anna ascoltò queste parole senza credere un solo istante alle disposizioni date. Secondo lei quelli si erano barricati nell'ufficio perché non volevano incontrarla, già sapevano che le stavano per dare il benservito e provavano imbarazzo all'idea del bacio d'addio.

Con il travaglio che accompagna i condannati al patibolo, Anna fece marcia indietro per il corridoio, quando venne intercettata da Rossella, appena approdata agli studi e tutta pimpante per via dell'ultima grande novità. L'aveva da poco chiamata l'agenzia matrimoniale dove si era segnata: ben due signori, con ottimo curriculum sentimentale e discreto patrimonio, la volevano incontrare. Ros parlava a manetta e mostrava entusiasta foto dei pretendenti appena rinvenute grazie a Santo Facebook. E intanto conduceva Anna in sala trucco, la faceva sedere sulla poltrona professionale e cominciava a truccarla. Per davvero. Senza che nemmeno la sarta se ne rendesse conto.

Sì, proprio così. Anna era talmente stordita dalle chiacchiere di quella e da tutte le sue angosce che quando si guardò di sfuggita alla specchiera, scoprì di avere già un occhio allargato da una bella linea dritta di matita nera. Uno solo. Sembrava un mezzo panda.

«Ma che fai? Sei pazza che mi trucchi?»

«Dài, Anna. In questo periodo sei tanto giù che l'abbiamo notato tutti... te lo dico anche per gli ospiti, così sembri uno zombie. Fidati, un po' di tono è quello che ci vuole per farti ricominciare col piede giusto.»

«Ricominciare cosa che qui sta finendo tutto?» si lasciò sfuggire Anna.

Rossella non colse, anche perché si era aggiunto quell'altro chiacchierone di Francesco, che senza chiedere minimamente l'autorizzazione ora pettinava i capelli della povera sarta all'indietro, fermandoli con le forcine. Anche lui aveva delle novità pazzesche e smaniava dalla voglia di condividerle: la sera prima si era deciso a presentare il fidanzato in famiglia. Ebbene, era stata una tragedia, addirittura peggio di quanto aveva previsto. Il padre gli aveva urlato che una cosa del genere, in casa sua, non l'avrebbe mai accettata, e che lui era la sua più grande delusione. Concludendo con l'immancabile, esagerato attacco di crepacuore.

«Porta pazienza!» disse Ros con un'alzata di spalle. «Quando capirà di essersi comportato come un troglodita, deciderai se perdonarlo...»

Francesco fece una faccia perplessa. «Ah guarda, conoscendolo faccio in tempo a morire gay e rinascere etero!»

I due scoppiarono a ridere e non la finivano più. Manco si erano accorti che Anna si era alzata dalla poltroncina e stava appiccicata allo specchio, a scrutarsi la faccia, meravigliata. Quella non era la sartina calabrese che conosceva. Incredibile come bastassero due pennelli e una spazzola per modificare l'aspetto di una persona, che era rimasto come imbalsamato negli ultimi trentacinque anni. Era talmente luminosa grazie a quelle polverine da profumeria che non sembrava nemmeno depressa. E proprio in quel momento, si affacciò in sala una delle redattrici.

«Ragazzi, armatevi e andate! Sono arrivati gli ospiti nei loro camerini.»

Anna scattò sull'attenti, imbarazzata da quel restauro che era stato avviato e terminato in tempo record.

La redattrice la guardò, approvando. «Dio, ma come stai bene! Chissà se Maria ti riconosce... A proposito, tu vai diretta in sala monitor, e aspetta lì. Dei vestiti degli ospiti oggi se ne occupa Lisa. Tanto ormai ha capito perfettamente come si fa il lavoro.»

«Ma...» tentò di protestare la sarta.

«Niente "ma", decisioni dall'alto!» disse sollevando il dito indice. «Francesco, Rossella, andiamo dài.»

Anna restò da sola in sala trucco. La bella immagine di lei era clamorosamente in contrasto, ogni minuto di più, con la bruttezza del suo umore.

Lisa aveva ereditato la sua macchina da cucire senza il suo permesso: era evidente. Altrimenti perché lasciavano lei così, in panchina, e pure mortificata. La redattrice era stata esaustiva, efficace, quasi elegante. Le aveva detto: «Levati di torno che non ci servi», senza dire una sola di queste parole.

S'incamminò lentamente verso la sala monitor. Non riusciva a essere arrabbiata, se non con se stessa. Se nell'ultimo periodo non si fosse distratta tanto, commettendo tutti quei casini coi costumi dei bambini, nulla sarebbe cambiato.

E poi cosa aveva voluto dire la redattrice con quel «decisioni dall'alto»? Era stata davvero Maria De Filippi a estrometterla dal suo dovere? No, Maria no, non ci voleva credere. Lavorava per lei da troppi anni e quella donna le cose non le mandava certo a dire. Se fosse stata scontenta del suo lavoro glielo avrebbe detto bello dritto in faccia, com'era capitato i primissimi tempi che collaboravano insieme. Eppure lei sentiva di avere ancora molto da dare a quel programma. Dovevano solo offrirle un'altra possibilità. Forse era il caso di andare dal produttore e affrontare il discorso senza tanti giri di parole.

La porta si spalancò di colpo.

Ciò che Anna vide le fece credere per un momento di essere in un sogno. Sì, non poteva che essere un sogno. Non era possibile, eppure stavano inquadrando proprio lei.

Sulla porta c'era Maria De Filippi, perfettamente truccata, pettinata e vestita, con il microfono appuntato, e alle sue spalle un cameramen che faceva il suo lavoro.

«Ciao, Annina! Come stai?» le chiese Maria.

Anna rimase come imbambolata.

«B-bene» riuscì a balbettare con un filo di voce.

Maria rise. «Sono contenta. Dimmi una cosa. Oltre a Mengoni, a te piace tanto anche Gianni Morandi, vero?»

E ora che c'entrava Gianni Morandi? Ma se era Maria De Filippi a chiederglielo, si disse, doveva pur risponderle.

«Sì...»

Anna notò che Maria teneva in mano un paio di grosse cuffie, le stesse che indossavano gli ospiti quando aspettavano nel backstage di essere condotti in studio.

«Tra poco ti chiedo di indossare queste cuffie, con la musica di Morandi a volume bello alto. Tu le conosci benissimo perché spesso sei tu a farle indossare ai nostri ospiti qui dietro, prima di essere chiamati in studio, in modo che non sentano nulla... Ma prima devo darti una cosa.»

Maria le prese la mano. «Ti fidi di me, vero, Anna? Ci conosciamo da quindici anni. Sei la mia sarta storica, hai seguito questo programma con dedizione assoluta, io penso che senza persone speciali come te il mio lavoro non potrei proprio farlo. E tutti noi ti vogliamo bene.»

La sarta aveva voglia di piangere. Ma Maria fece un gesto che le bloccò ogni reazione in gola. Le stava allungando una busta che normalmente il postino era incaricato di consegnare a sorpresa a casa della gente.

«C'è posta per te, Annina. E tra poco ti voglio portare in studio, a sedere sul pouf blu davanti alla busta. Qualcuno ha qualcosa di importante da dirti. Spero che accetterai» disse la conduttrice con un sorriso rassicurante.

Anna prese la busta. Scuoteva la testa. Proprio non stava capendo. C'era davvero posta per lei? Da sarta dietro le quinte si ritrovava ospite del programma? Lei, proprio lei, Anna Procopio?

«Cosa si dice in questi casi?» aggiunse Maria.

Anna fece un sospiro. «C'è posta per te!»

Maria sorrise. «Esatto. Adesso mettiti le cuffie con la musica e aspetta qui buonina. Ho delle cose da raccontare al pubblico. Ci vediamo tra pochissimo in studio.»

Come Maria uscì, seguita dal cameraman, la sarta venne raggiunta da Ros e Francesco. Prima l'abbracciarono entrambi, emozionati come fossero testimoni alle sue nozze. Ora che non c'era più la telecamera le dissero di non chiedere nulla, che non potevano parlare, ma di fidarsi di Maria, che non le avrebbe mai teso un tranello. E di farsi dare un'ultima sistemata. Ecco poi affacciarsi l'orrenda sartina Lisa – incubo di tanti giorni e tante notti – con un paio di pantaloni neri della taglia di Anna e la maglia rossa a strisce bianche che le era stata regalata dalla ragazza del «villaggio». La costumista le aveva suggerito di vestirsi così, ovviamente se Anna non aveva nulla in contrario. Ma doveva indossare la cuffie e tenere il volume di Morandi al massimo. Uno scroscio di applausi proveniva dallo studio e indicava che Maria era entrata in quell'arena e stava per cominciare a parlare di lei.

Anna si lasciava vestire sulle note di *In ginocchio da te*. La sorpresa l'aveva mandata completamente in tilt. Alla porta c'era una delle redattrici del programma, la sua preferita, che la guardava piena di affetto. Sarebbe stato inutile interrogarla su qualcosa, chi lavorava lì aveva un cerotto sulla bocca per contratto.

Passavano i minuti, Anna aveva indossato l'abito di scena e ritoccato quello che c'era da ritoccare, facendo in tempo ad ascoltare *Un mondo d'amore, Non son degno di te, Scende la pioggia, Occhi di ragazza*. Tutte canzoni che aveva sentito innumerevoli volte, nei momenti belli e nei momenti brutti della sua vita. Ogni tanto le canticchiava sua madre, mentre cuciva – ed era quella la versione più dolce – ma spesso partivano dal juke-box che lo zio di Raffaele aveva nel suo ristorante a Rimini, oppure venivano trasmesse alla radio che il suo datore di lavoro teneva sempre bassa ma sempre accesa, nella sartoria al Pigneto.

A casa aveva anche un'audiocassetta di Gianni Morandi, comprata almeno vent'anni prima in una bancarella a Porta Portese, che non ascoltava più perché il mangianastri si era rotto e nessuno glielo aveva voluto aggiustare.

Anna ripensò agli strani atteggiamenti che le persone che lavoravano al programma avevano tenuto con lei negli ultimi giorni. E realizzava finalmente qualcosa che la liberò da ogni peso. La tenevano a distanza perché le stavano preparando una sorpresa, non perché volessero farla fuori. Ecco perché Rossella quel pomeriggio, era stata chiusa un'ora intera da Maria! Ecco perché sempre Maria, quando era con la redattrice in camerino, smetteva di parlare non appena la sarta faceva capolino. Ecco ancora perché avevano tolto il cestino delle fotocopie in esubero: per non rischiare che lei potesse scoprire di essere la destinataria della posta del giorno.

In quindici anni di produzione non era mai successo che qualche amico o parente o conoscente personale di Maria fosse stato invitato a sedersi davanti alla busta bianca. Se la conduttrice aveva pensato di fare una cosa del genere era davvero per dimostrarle il suo affetto. E la voglia di regalarle qualcosa di speciale.

Chi l'avrebbe mai detto. Non Anna, nemmeno Maria. Eppure stava succedendo. Sarebbe andata in onda la vita di Anna e non «le vite degli altri», che amava tanto lei. Ma un pensiero fisso le pulsava in testa: chissà chi era il mittente della posta.

Poteva trattarsi di Raffaele da chissà dove per chiedere perdono al suo lontano amore. O poteva essere Rita, che non aveva mai più visto dal giorno del funerale del padre. Ma anche lo zio Roberto, il fratello di sua madre, emigrato in Germania anni e anni prima. O il proprietario dell'atelier di moda al Pigneto, il signor Salvo. Sapeva che era ancora vivo, anziano e accudito da una moldava paziente.

Adesso, lì in quel camerino, con le mani a tenere le cuffie come per non farle cadere, si ritrovava di nuovo dentro a quella palla di vetro con l'acqua e la neve finta che cade lenta se la sbatacchi un po'. Il passato e il presente si mescolavano, e in quel maremoto riusciva a vedere lampi di futuro, visioni di ciò che sarebbe potuto accadere di lì a qualche istante, a pensare a tutto e al contrario di tutto.

Poi, all'improvviso, si sentì toccare sulla spalla. E la neve finta si posò.

Era la redattrice, che le faceva segno di togliersi le cuffie, e alzarsi. Era il momento di andare.

La sarta percorse i metri che la separavano dallo studio con le gambe che sembravano di budino. Alla fine del corridoio non trovò il postino, come succedeva con tutti gli altri ospiti, ma Maria in persona, che l'accolse prendendola per mano.

«Vieni Annina, che adesso ti faccio sedere qui accanto a me.» Come Anna uscì dal tunnel e sentì tutte le luci puntate su di lei, le prese un colpo. Il pubblico esplose in un fragoroso applauso che le mise la pelle d'oca. Stava succedendo davvero. Si era persino data un pizzicotto e non solo non si era risvegliata, ma aveva pure avvertito un dolorino.

Anna si accomodò sul pouf, di fronte alla busta chiusa. E l'arena si fece subito silenziosa.

«Immagino che tu conosca la trasmissione...» disse Maria ironica.

Anna annuì, emozionata.

«E sai anche che chiunque ci sia in questo momento dall'altra parte della busta ha sempre una buona intenzione. Allora, vogliamo vedere chi ti manda a chiamare?»

Anna annuì di nuovo. Il petto le stava per esplodere: se il dottore non l'avesse rassicurata sul fatto dell'angina, ora avrebbe creduto di essere in preda a un infarto.

Finalmente la busta si aprì, al suono del jingle storico.

La telecamera inquadrava Attilio. Sì. Proprio lui, il suo gatto, in ciccia e peli. Sornione e pigro se ne stava sul grembo di qualcuno di cui si intravedeva solo parte delle gambe e del busto. Anna strabuzzò gli occhi ed esplose all'istante in una fragorosa risata!

«Che ci fa lui qui? Maria?! Non mi dire che è stato lui a chiamare!»

Maria scosse la testa, divertita dalla reazione della sua sarta. Non disse niente e indicò di nuovo il monitor, come a dire di continuare a guardare. La telecamera allora cominciò a rivelare sempre di più chi fosse seduto sul pouf, fino a mostrare il viso della persona che meno avrebbe immaginato di vedere quel giorno lì: la sua vicina Rosa. Anche lei era stata truccata e pettinata e vestita a dovere, e ora la puntava con uno sguardo carico d'attesa. Ecco qual era la «commissione» che doveva fare quel pomeriggio: arrivare agli studi prima di lei e combinarle l'agguato.

Che mai voleva dirle la sua dirimpettaia?

E soprattutto, perché aveva scelto la televisione invece del suo pianerottolo?

Anna scosse la testa, si fece subito più seria. La tensione accumulata si decuplicava, ogni secondo di più.

«La riconosci, vero?» chiese Maria.

«Come no?! È l'unica che mi sopporta» sbuffò Anna con fare caustico.

«E la possiamo far parlare?»

«Già che siamo qui...»

Qualcuno nel pubblico rise, ma si percepiva nell'aria una forte tensione.

A quel punto Rosa fece un sospirone.

«Ciao Anna, so che non ti aspettavi di vederci, e so che neppure ti aspettavi da parte nostra una sorpresa del genere. Con Attilio è sicuramente un grande amore, con me... be', noi ci conosciamo da tanti anni, hai visto mio figlio crescere, mio marito andarsene e ora anche i miei nipoti diventare grandi. In qualche modo ti ho sempre considerata parte della mia famiglia. Sapevo che, solo a pochi metri di distanza, all'altro capo del pianerottolo, c'era una persona fidata, cui chiedere una mano se ne avessi avuto bisogno.»

Anna pensò che era vero, piuttosto, il contrario. Anche

se poi lei non era quasi mai andata a suonare al campanello di Rosa.

«È solo negli ultimi tempi, però, che il nostro rapporto ha fatto passi da gigante. Da vicine di casa siamo diventate amiche. Amiche belle, di quelle che si accettano con i loro difetti, i loro momenti no, che non si parlano dietro. Almeno, questo è quello che penso io. E tutto ciò proprio grazie a questo programma, che seguiamo da anni insieme, sul divano di casa mia, perché tu hai la televisione piccola e io no. E a forza di vederci un sabato, poi due, poi tre, per anni, tanti anni, finalmente si arriva a diventare come noi.»

Anna annuì.

«Si diventa amici quando ci si apre l'uno all'altro. E tu, finalmente, hai deciso di confidarti con me. E questo, credimi, è stato il dono più grande che tu potessi farmi. So che sei una persona estremamente riservata e, proprio per questo motivo, ho riflettuto a lungo se fosse il caso di portarti in questa trasmissione, nella *tua* trasmissione. Ma alla fine ho deciso di sì, perché il regalo che vogliamo farti stasera è grande, anzi, è immenso. Ed è qui vicino a me.»

La telecamera inquadrò la mano di Rosa mentre questa si spostava lentamente a cercare qualcosa.

Anna, con gli occhi fissi sullo schermo, trasalì quando vide comparire la sagoma di un'altra persona. Una donna, fasciata in un pantalone scuro e una camicia di taffetà blu. Deformazione personale, quella di Anna: riconosceva le stoffe lontano un miglio, e quella camicia era della sua sartoria. Mai data a nessun ospite, ma di ottima fattura.

Della donna non si vedeva il volto ma solo il grembo, appena appena lievitato. Era la pancia di una donna in dolce attesa. Sarà stata di cinque mesi, non di più.

La mano di Rosa si posò lì. Su quel tondo.

Poi la visuale si allargò, sempre molto lentamente, finché Anna scorse il volto di una donna sui quarant'anni, coi capelli morbidi castani, lunghi fino alle spalle, gli occhi verde scuro e un sorriso disarmato da bambina.

Anna sentì il respiro farsi sempre più grosso.

Non aveva mai visto quella donna, ma in quel momento sentì che, se anche l'avesse incontrata al di fuori di lì, probabilmente qualcosa le avrebbe lo stesso sfiorato le corde dell'anima.

Fece un sospiro, dopo essere stata involontariamente in apnea.

Al di là della busta c'era sua figlia.

Quella bella ragazza era Gioia.

Diventata donna.

Già quasi madre a sua volta.

E lei quasi nonna.

Se Anna non morì lì di infarto, voleva dire che avrebbe retto altri cento anni.

«Ora io vi lascio sole, Anna» disse Rosa. «Sono più di quarant'anni anni che attendi questo momento. Ti aspetto a casa, se vuoi. Stasera pensavo di fare il risotto giallo... Ovviamente puoi portare anche lei se non deve tornare subito a casa. Mi raccomando, però. Fatti forza, amica mia. Da oggi comincia una nuova vita. Quella che assomiglia finalmente a te. Quella che aspetti da sempre. Quella che ti meriti. Ti voglio bene, Anna. Per me sei come una sorella. E lei, è come fosse mia nipote» concluse la vicina, dando una carezza a Gioia.

Poi si alzò dal pouf, lasciando lo studio tra gli applausi.

Maria prese la mano di Anna, scuotendola dai suoi pensieri. «Ti devo chiedere una cosa. Può parlare?»

«Sì...» mormorò Anna.

Ci fu un attimo di silenzio. Gioia, dall'altra parte della busta, aveva gli occhi lucidi, guardava in basso, si notava pulsare una piccola vena sulla fronte.

Anna non riusciva a capire cosa stesse provando sua figlia: tristezza, felicità, o rabbia per essere stata abbandonata da piccola?

Poi, finalmente, Gioia prese la parola. E Anna sentì immediatamente una scarica elettrica nel petto.

«Io purtroppo non ho nessun ricordo di te, ma fin da

quando ho saputo della sua esistenza, ho sempre desiderato conoscerti. Oggi...» la voce le si ruppe un istante «non sono solo io a volerti conoscere. Siamo in due.»

E si portò una mano sul grembo.

«Qui c'è tua nipote, e vorrei che lei avesse al suo fianco anche la nonna, quando nascerà.»

Gioia abbassò la testa, piangendo.

Il pubblico faceva lo stesso.

Lo staff dietro le quinte faceva lo stesso.

Anche Anna piangeva.

Intervenne Maria De Filippi. «Annina» disse prendendole la mano «Rosa ci ha raccontato tutto. Di Girifalco, del tuo amore per un ragazzo inviso alla famiglia, della vostra fuga al Nord e poi della tragica decisione che hai dovuto prendere tuo malgrado. Quello che voglio dirti è che nessuno di noi ti giudica per ciò che hai fatto. E soprattutto non ti giudica tua figlia.»

Il pubblico applaudì, mentre Anna continuava a tremare. Era quello il suo peggior incubo: che sua figlia potesse odiarla. Della reazione della gente se ne sarebbe fatta una ragione, ma della sua adorata bambina...

«Quando Rosa è venuta a parlarci della tua situazione, abbiamo accolto la sua richiesta e ci siamo messi alla ricerca di Gioia. Abbiamo scoperto che vive a Pavia, che è cresciuta con due genitori deliziosi, che è laureata e fa la veterinaria, che ha due fratelli che già c'erano quando lei è stata presa in adozione, che suo marito è un bell'uomo che scrive di sport sulla gazzetta locale e che ha sempre saputo di avere due mamme. Una a Pavia e una chissà dove. Così le abbiamo chiesto se le avesse fatto piacere conoscere la sua mamma biologica, e lei ha detto subito di sì. Anche la sua famiglia ha detto subito sì. Ma subito davvero. Di storie simili tu lo sai quante ne abbiamo conosciute e tante volte uno ci vuole pensare. Ma Gioia no. Se non ti ha cercato in questi anni è stato per paura di rovinare un tuo possibile equilibrio. Esattamente la stessa ragione per cui non l'hai cercata tu. Vi siete rispettate da lontano. E questo è bello. E oggi nessuna cova del rancore. Ma solo voglia di conoscersi e di darsi finalmente quell'amore che lega indissolubilmente una madre alla propria figlia.»

Anna annuiva con la testa.

Maria le avvolse le spalle con il braccio. «Come ti senti in questo momento?»

Anna guardò verso il monitor. E vide gli occhi di sua figlia. Sì, erano proprio gli occhi di Gioia. Felici.

«Sto come lei. Ora stiamo bene.»

Maria si agganciò subito a quelle parole, per aggiungerne altre e arrivare a un secondo colpo di scena. «Non siete le uniche a stare bene in questo momento» disse la conduttrice. «Credo ci sia una terza donna a essere felice adesso. Molto felice. E se guardi in cima alla scala scoprirai chi è.»

Anna si voltò, tutto il pubblico anche... la regia mandava una musica di attesa... si abbassavano le luci... ecco finalmente fare capolino, tra gli applausi, una suora. Anna strabuzzò gli occhi. La riconosceva, era identica, precisa, spiccicata. Solo ridotta in scala della metà, piuttosto accartocciata, ma sempre splendente. Era suor Paola. Talmente anziana, ormai, da dover essere accompagnata per mano da due bambini. Avrebbe parlato da lì, senza arrischiarsi di scendere i gradini.

«Io l'ho raccontato a Maria, e poi a Gioia. Quando le ho incontrate, ho detto loro dei tuoi occhi da cane bastonato quando ti avevo incontrato nell'androne del pronto soccorso. Avevi diciannove anni e già conoscevi la paura. Ho raccontato della medicazione che ti copriva mezza guancia, perché era proprio sullo zigomo che ti avevano dovuto ricucire. Ho raccontato loro che avevo scoperto che era già la quinta volta che ti portavano lì, sempre con un sacco di ematomi e ferite varie, e che tu ogni volta dicevi che era stato un incidente, una distrazione durante i lavori domestici, una scivolata sul selciato magari bagnato dalla pioggia. I tuoi occhi terrorizzati però rivelavano ben altro. Parlavano di paura, chiedevano aiuto, supplicavano salvezza. Per te, ma soprattutto per la tua piccina. Non avevi scampo, allora. E hai avuto coraggio. Sì, hai fatto una cosa che fanno gli eroi, Anna. Lo voglio dire qua davanti a tanta gente, che magari giudica e che prima farebbe bene a riflettere. Ti sei tolta la ragione di vita per fare in modo che tua figlia potesse trovare la sua. Con un uomo così violento non sarebbe stato possibile. E scappare con lei, a diciannove anni, senza un lavoro, sarebbe stato ancora peggio. Quando sei tornata a cercarmi, due anni dopo che eri stata costretta a darla in adozione, per chiedermi di riprenderla, io ti ho solo messo davanti alla realtà. E tu hai accettato definitivamente il destino migliore per lei, certo non per te. E l'hai lasciata crescere dov'era, una volta che ti aveva rassicurata sul fatto che fosse davvero in buone mani. Sei stata eroe due volte, Anna. E questa sera sono grata a Maria di avermi invitata qui. Sono vecchierella e piuttosto malconcia. Ora se anche mi dovesse chiamare il mio datore... lassù... posso dire di partire serena. Se sono stata testimone della vostra dolorosa separazione, oggi sono qui nel vostro giorno più bello, quello in cui vi siete ritrovate. Hai donato la vita a Gioia e poi te ne sei privata pur di concederle la possibilità di essere felice a questo mondo. Il prezzo da pagare è stato esorbitante per te, in termini di solitudine e di sofferenza, ma ora sta accadendo il miracolo dei miracoli. La vita davvero ti sta restituendo il maltolto. E quello che sogni da tutta la vita – e che sognano tutte le donne, anche noi suore, a volte, sai... – sta per accadere. E cioè sentirti finalmente chiamare col nome più dolce e consolatorio al mondo. Dillo tu, Gioia, tesoro mio, pronuncialo tu ad Anna. Fallo per me, fallo per voi.»

Gioia si alzò in piedi, fissando il monitor dentro la grande busta. E con voce piena lo pronunciò per la prima volta: «MAMMA».

Tutto il pubblico si alzò in piedi, applaudendo.

Dietro le quinte si sentirono grida di gioia. Erano Rossella, Francesco e tutte le redattrici e le sarte e i macchinisti e i tecnici che facevano il tifo per Anna.

Maria a quel punto non lo chiese, lo fece direttamente.

Schiacciò il telecomando che teneva in mano e la busta scivolò via sull'immancabile jingle di «C'è posta per te». E, senza farsi vedere, anche lei si tamponava con il polpastrello una minuscola traccia di commozione.

Anna andava incontro a sua figlia.

Sua figlia andava incontro a sua mamma.

La suora si appoggiava commossa ai suoi bambini.

Maria si asciugava una piccola lacrima senza dare tanto nell'occhio.

Rosa festeggiava con tutto lo staff dietro le quinte.

E il pubblico presente applaudiva impazzito.

Un altro miracolo si era compiuto al Teatro 4 degli studi sulla Tiburtina. Fuori il solito traffico tentacolare. Il 74 barrato in coda. Il cielo blu terso di quando soffia il Ponentino sulla capitale. E una vita nuova, tutta da rammendare, che aspettava due donne così vicine eppure così lontane.

Ringraziamenti

A Maria, perché fai quello che fai come nessuno al mondo. E mi stupisci sempre.

A Sabrina, perché sono quella che sono grazie a te. Dal preistorico 1990, io ti porto nel cuore.

A tutti coloro che lavorano dietro le quinte di «C'è posta per te», con dedizione assoluta. A ognuno di loro va la mia stima e il mio affetto. Grazie a:

Produzione: Roberto Maltoni, Claudia Ciaramella, Sara Cerri, Matteo Portaro, Fabio Croce, Luca De Donno, Sara Spagone.

Autori: Lucia Chiorrini, Michele Perna, Salvatore Lo Presti, Daniela Cutolo, Emanuela Sempio, Giusy De Filippo, Camilla Guarna Capogrossi, Rosella Bettinardi, Anna Maria Celani, Sofia Capone, Rita Leccio.

Redazione: Krizia Magrini, Barbara Onorati, Angela Losani, Paola Mandolini, Francesca Mazzanti.

Scenografia: Lucia D'Angelo, Cristina Querzola, Chiara Porfido, Fabrizio Schiavoni, Ambra Gioveni.

Costumi: Federica Bevilacqua, Lidia Tranquilli, Elisa Fronteddu, Rita Felici.

Centralino: Tiziana Catapano, Claudia Gnosini, Cistina Ilie, Germana Salvatore, Virginia Vena, Marina Romolo.

A tutti i protagonisti delle storie citate nel libro, perché siete uno straordinario esempio di vita per me. Grazie a Lucia, Teo, Antonio, Domenico, Anna, Gabriele, Bartolo, Greta, Sabrina, Antonio, Andrea, Sonia, Alessia, Fabio, Gemma, Andrea, Catherine, Jessica, Francesco, Roberto, Flaviana, Angela, Pinuccia, Italo.

A Gabriella Ungarelli e Alberto Gelsumini, perché mi avete dato fiducia incondizionata e libertà assoluta.

A Paolo Valentino, perché mi hai condotto per mano, in questo primo battesimo letterario, con cura, sapienza e sensibilità uniche.

Alla mia mamma Elena e al mio papà Isauro, perché mi avete messa al mondo e mi piace un mondo starci. Vi voglio tanto bene, ma proprio tanto.

A Simona e alla stanza rossa della sua dimora in Portogallo.

Infine a Nat, perché sì.

Mondadori Libri S.p.A.

Questo volume è stato stampato
presso ELCOGRAF S.p.A.
Stabilimento - Cles (TN)

Stampato in Italia - Printed in Italy